김용택  선생님이 들려주는

명작동화 25

Classic Fairy Tales

김용택 선생님이 들려주는

명작동화 25

1판 1쇄 발행 2014년 3월 30일 | 1판 8쇄 발행 2023년 5월 30일

글쓴이 **김용택** | 그린이 **김중석 유설화 이민혜 정소영 최정인**
펴낸이 **문제천** | 펴낸곳 **(주)은하수미디어**
편집장 **김은영** | 편집책임 **오숙희** | 편집 **임소현**
디자인책임 **문미라** | 디자인 **이수진 임영선**
편집진행 **김혜영** | 디자인지원 **나비** | 제작책임 **이남수**
주소 **서울시 송파구 송이로 32길 18, 405(문정동, 4층)**
대표전화 **02-449-2701** | 팩스 **02-404-8768** | 편집부 **02-3402-1386**
출판등록 **제22-590호(2000.7.10)** | 홈페이지 www.ieunhasoo.com

김용택 선생님이 들려주는

명작동화 25

Classic Fairy Tales

 # 머리말

배가 고프면 하늘이 노랗고 살이 떨리지요. 몸도 휘청거리고요. 이럴 때 몸이 원하는 것은 먹을 것이겠지요. 무엇인가를 먹어야 바로 설 수 있고 일도 할 수 있으니까요. 이렇게 굶주림을 채워 주는 것을 양식이라고 해요.

마음의 양식이라는 말이 있지요. 우리 마음에도 양식이 필요하다는 뜻이에요. 마음의 양식은 바로 책을 읽는 거예요. 밥을 잘 먹고 소화를 잘 시키면 몸이 무럭무럭 자라듯이, 책을 많이 읽으면 마음도 무럭무럭 자라지요. 책을 읽어 마음을 살찌워야 건강하게 잘 살아갈 수 있답니다.

여기 스물다섯 편의 간추린 세계 명작을 소개합니다. 긴 소설이나 이야기를 어린이들의 눈높이에 맞게 간추렸기 때문에 다소 생략된 구석이 있을 수도 있어요. 이 부분은 부모님들의 양해를 구합니다. 이번 기회에 부모님들도 여기 나온 명작들을 다시 한 번 읽어 보세요. 아마 옛날에 읽었을 때 받았던 감동과는 또 다른 감동을 얻을 수 있을 거예요. 그리고 그 감동은 결국 아이들

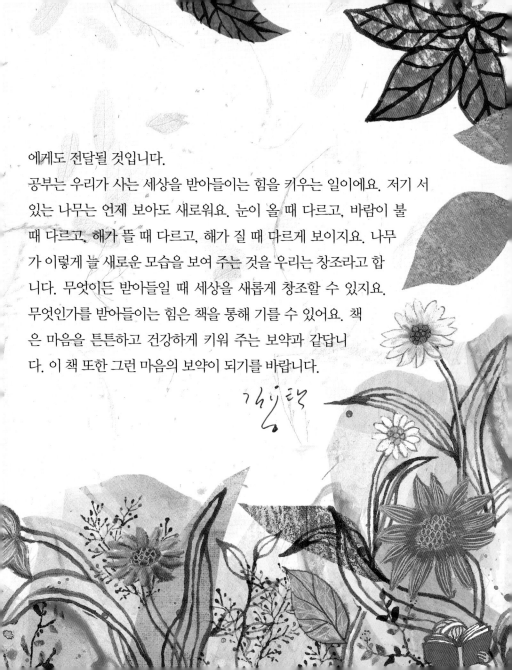

에게도 전달될 것입니다.

공부는 우리가 사는 세상을 받아들이는 힘을 키우는 일이에요. 저기 서 있는 나무는 언제 보아도 새로워요. 눈이 올 때 다르고, 바람이 불 때 다르고, 해가 뜰 때 다르고, 해가 질 때 다르게 보이지요. 나무 가 이렇게 늘 새로운 모습을 보여 주는 것을 우리는 창조라고 합 니다. 무엇이든 받아들일 때 세상을 새롭게 창조할 수 있지요. 무엇인가를 받아들이는 힘은 책을 통해 기를 수 있어요. 책 은 마음을 튼튼하고 건강하게 키워 주는 보약과 같답니 다. 이 책 또한 그런 마음의 보약이 되기를 바랍니다.

김용택

차례

01 아기 돼지 삼 형제

옛날에 엄마 돼지가 아기 돼지 삼 형제를
데리고 살았어요.
어느 날, 엄마 돼지가 말했어요.

"이제 너희도 엄마와 떨어져 살 나이가 되었으니,
각자 집을 짓고 살도록 해라."
"엄마, 늑대가 쳐들어오면 어떻게 해요?"
아기 돼지들은 몸을 부르르 떨었어요.
"늑대가 쳐들어오지 못하게 집을 튼튼하게
지으면 문제없다."
아기 돼지 삼 형제는 용기를 내서 집을 나갔어요.

첫째 돼지가 길을 가다
수탉을 만났어요.
"수탉님, 무엇으로 집을
지어야 늑대가 쳐들어오지 못할까요?"
"그야 당연히 볏짚으로 지어야지."
첫째 돼지는 짚으로 지붕을 엮어 금방 집을 지었어요.
둘째 돼지는 길을 가다
황소를 만났어요.

"황소님, 무엇으로 집을 지어야 늑대가
쳐들어오지 못할까요?"
"나무로 지어야지. 그래야 집이 튼튼하단다."
둘째 돼지는 나무를 잘라 금방 집을 지었어요.
막내 돼지는 혼자 곰곰이 생각했어요.
"옳지, 단단한 벽돌로 집을 지어야겠다!"
막내 돼지는 벽돌을 한 장 한 장
쌓아 튼튼한 집을
지었어요.

며칠 뒤, 잔뜩 배고픈 늑대가
첫째 돼지의 집에 나타났어요.
"어서, 문 열어라!"
"싫어요!"
"안 열면 내가 집을 부수어 버릴 테다!"
늑대가 크게 숨을 들이쉬었다가 '후' 하고 불자,
짚으로 엮은 초가집 지붕이 홀랑 벗겨졌어요.
첫째 돼지는 둘째 돼지의 나무 집으로 도망갔어요.

하지만 뒤쫓아 온 늑대가
둘째 돼지의 나무 집을
'쿵쿵' 발로 차자,
나무 집은 금방
허물어져 버렸어요.

13

첫째 돼지와 둘째 돼지는 막내 돼지의
벽돌집으로 도망갔어요.
늑대가 쫓아와 소리쳤어요.
"돼지들아, 문 열어라! 안 열면 후후 불어
날려 버릴 테다."
"어디 마음대로 해 보세요."
막내 돼지가 자신만만하게 말했어요.
늑대는 크게 숨을 들이쉬고는 '후' 하고
불었어요.
하지만 집은 끄떡도 하지 않았지요.
"어, 이것 봐라. 이번에는 발로 뻥뻥
차 버릴 테다."
늑대가 발로 힘껏 찼지만, 이번에도 집은
끄떡없었어요.

늑대는 약이 올랐어요.
"내가 그냥 갈 줄 알고? 굴뚝으로 들어가면 되지!"
늑대는 지붕으로 올라가 굴뚝으로 들어갔어요.
"앗! 뜨거워!"
늑대는 보글보글 끓던 죽 솥에 빠지고 말았어요.
엉덩이를 홀랑 덴 늑대는 꽁지가 빠지게 도망쳤어요.
막내 돼지는 형들과 함께 튼튼한 벽돌집에서
즐겁고 행복하게 살았답니다.

17

02 인어 공주

옛날 깊은 바닷속에 산호와 진주로 꾸민
아름다운 성이 있었어요.
그곳에는 바다의 왕과 여섯 명의 인어 공주가 살았어요.
그 가운데에서도 막내 인어 공주가 가장 아름다웠지요.
막내 인어 공주는 언니들이 들려주는
바다 위 세상 이야기를 좋아했어요.
어서 바다 위로 올라가고 싶었지만
열다섯 살이 되기 전에는 갈 수 없었어요.

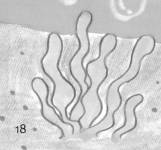

마침내 열다섯 살이 되는 날,
막내 인어 공주는 바다 위로 헤엄쳐 올라갔어요.
하늘은 붉은 빛이 가득한 황금색으로 빛나고 있었어요.
그리고 커다란 배 한 척이 잔잔한 물결 위에 떠 있었지요.
환하게 등을 밝힌 배에서는 왕자의 열여섯 번째
생일 파티가 열리고 있었어요.

그때 배에서 쏘아 올린 폭죽이 터졌어요.
하늘을 가득 수놓은 불꽃에 왕자의 모습이 비쳤어요.
인어 공주는 왕자를 본 순간 사랑에 빠지고 말았지요.
'아, 정말 멋진 분이야!'

그런데 하늘이 캄캄해지며 바람이 거세게 불더니
폭풍이 몰려왔어요.
커다란 배는 출렁이는 파도에 휘말렸어요.
돛대가 부러지며 사람들이 바다에 빠졌어요.
왕자도 바닷속으로 떨어져 정신을 잃었어요.
인어 공주는 바다 깊이 가라앉는 왕자를
끌어올려 바닷가 모래밭에 눕혔어요.

그때였어요. 사람들의 말소리가 들렸어요.
인어 공주는 얼른 바위 뒤로 숨었어요.
그 사람들은 이웃 나라의 공주 일행이었어요.
이웃 나라의 공주는 왕자를 성으로 데려갔어요.

인어 공주는 바닷속으로 돌아왔어요.

하지만 왕자가 보고 싶어서 마음에 병이 생겼어요.

인어 공주는 바다 마녀를 찾아갔어요.

"왕자님을 만나러 갈 수 있게 다리를 만들어 주세요."

"네 아름다운 목소리를 내게 준다면 그렇게 해 주마.

하지만 왕자와 결혼하지 못한다면, 너는 물거품이

되어 사라질 거야."

인어 공주는 왕자를 구한 바닷가로 가서

마녀가 준 약을 마셨어요.

그러자 예쁜 두 다리가 생겼어요.

그때 바닷가를 산책하던 왕자가
인어 공주를 발견했어요.
"아름다운 아가씨, 이름이 무엇인가요?"
하지만 목소리를 잃은 인어 공주는
아무 말도 못 했어요.

왕자는 말 못 하는 인어
공주를 가엾게 여겨
성으로 데려왔어요.
인어 공주는 왕자와
함께 지낼 수 있어서
정말 행복했어요.
그런데 어느 날, 왕자가
이웃 나라 공주에게
청혼하겠다고
발표했어요.

그 공주가 자기 목숨을 구해 준 걸로 알았기 때문이지요.
인어 공주는 왕자에게 사실대로 말하고 싶었어요.
'왕자님, 그날 왕자님을 구한 건 저예요!'
하지만 말을 할 수 없어서 눈물만 흘렸어요.

왕자는 이웃 나라 공주와 결혼식을 올렸어요.
그리고 날이 저물도록 배에서 크게 파티를
열었어요.
흥겨운 파티가 끝나자 왕자와 이웃 나라 공주는
행복하게 잠이 들었어요.
인어 공주는 슬펐어요.
아침 해가 뜨면 물거품이 되어 사라질 처지였으니까요.
그때 인어 공주의 언니들이 찾아왔어요.
언니들의 아름다운 머리카락은 싹둑 잘려 있었어요.
"바다 마녀에게 우리 머리카락을 주고
맞바꾼 칼이야. 해가 뜨기 전에
이 칼로 왕자를 찌르면 넌 다시
인어로 돌아올 수 있어!"

인어 공주는 칼을 쥐고 곤히 잠든
왕자에게 다가갔어요. 하지만 사랑하는
왕자를 죽일 수는 없었어요.
아침 해가 떠오르자 인어 공주는
칼을 바닷속에 던져 버렸어요.

그리고 바다에 뛰어들어 물거품이 되었어요.
인어 공주의 아름다운 영혼은 둥실둥실 떠올라
하늘나라로 올라갔답니다.

성냥팔이 소녀

크리스마스를 하루 앞둔 날 저녁,
하늘에서는 눈이 펑펑 쏟아졌어요.
거리를 오가는 사람들의 얼굴에는
즐거운 미소가 가득했지요.
그 사람들 사이에 낡은 옷차림을 한 소녀가
성냥이 든 바구니를 들고 서 있었어요.
소녀는 언 손을 입김으로 호호 녹이며 소리쳤어요.
"성냥 사세요! 성냥 사세요!"
하지만 누구 하나 돌아보는 사람이 없었어요.
소녀는 너무 춥고 외로웠어요.

해가 저물어 어둑어둑해졌어요.
그때, 거칠게 달려오는 마차에 치어
소녀는 그만 쓰러지고 말았어요.
성냥이 여기저기 쏟아져 흩어졌지만
아무도 도와주지 않았어요.
소녀는 꽁꽁 언 손으로 성냥을 주워 모았어요.
"아, 너무 춥고 배고파."

소녀는 어느 집 창문 아래에 웅크리고 앉았어요.
그 집의 창에서는 따뜻한 불빛과 웃음소리가
새어 나왔어요.
소녀는 언 손을 녹이려고 성냥개비를 하나 그었어요.
그랬더니 불빛 속에서 따뜻한 난로가 나타났어요.
소녀는 손과 발을 난로에 뻗었어요.
하지만 성냥개비의 불이 꺼지자 난로도 사라졌어요.
소녀는 성냥개비를 한 개 더 그었어요.
이번에는 식탁 가득 차려진 음식이 보였어요.
배고픈 소녀는 음식으로 손을 뻗었어요.
하지만 성냥개비의 불이 꺼지면서 음식도 사라졌어요.

소녀는 다시 성냥개비를 하나 그어 불을 밝혔어요.
주위가 대낮처럼 환해지더니 크리스마스트리가
나타났어요.
크리스마스트리에 장식된 수많은 촛불이
소녀의 곁을 맴돌다가 하늘로 올라가서 별이 되었어요.
소녀가 하늘을 올려다보자 별 하나가
꼬리를 길게 늘어뜨리며 떨어졌어요.
'할머니가 그러셨지. 하늘의 별이 떨어지면
누군가 하느님 곁으로 가는 거라고…….'
소녀는 문득 돌아가신 할머니가 보고 싶었어요.

소녀는 다시 성냥개비 하나를 그었어요.
그러자 할머니가 환하게 웃으며 나타났어요.
"할머니, 저를 할머니 곁으로 데려가 주세요!"
추위와 배고픔에 지친 소녀는 흐느끼며 애원했어요.
그리고 할머니가 사라질까 봐 두려워
남은 성냥개비를 모두 그었어요.
성냥개비가 환하게 타올랐어요.
할머니는 소녀를 다정하게 껴안고 하늘나라로
올라갔어요. 그곳에서 소녀는 그리운 엄마도
만날 수 있었어요. 소녀는 더 이상 춥지도
배고프지도, 외롭지도 않았답니다.

40

41

다음 날, 크리스마스의 아침이 밝았어요.

교회로 향하던 사람들은 어느 집 창문 아래에서

얼어 죽은 성냥팔이 소녀를 보았어요.

소녀의 옆에는 다 타 버린 성냥개비들이 남아 있었어요.

"추워서 성냥으로 몸을 녹이려고 했던 모양이네.

불쌍하기도 하지."

지나가던 사람들은 성냥팔이 소녀의 죽음에

눈물을 훔치며 안타까워했어요.

하지만 소녀의 얼굴은 그 어느 때보다도

편안해 보였지요.

04. 빨간 모자

옛날 옛날 항상 빨간 모자를 쓰고 다니는 소녀가 있었어요
그래서 사람들은 이 소녀를 '빨간 모자'라고 불렀어요.

하루는 엄마가 빨간 모자에게 심부름을 시켰어요.

"빨간 모자야, 할머니가 많이 아프시대.

이 음식 바구니를 갖다 드리렴."

빨간 모자는 고개를 끄덕였어요.

엄마는 빨간 모자에게 다시 말했어요.

"가다가 중간에 멈춰서 놀면 안 된다.

그 숲은 사나운 동물이 많은 곳이니까."

"네. 알겠어요, 엄마."

빨간 모자는 바구니를 들고 집을 나섰어요.

할머니 집은 깊은 숲 속에 있었어요.

빨간 모자는 부지런히 오솔길을 따라 걸었어요.

빨간 모자가 커다란 나무 아래를 지날 때였어요.

앞에서 누군가 불쑥 튀어나왔어요.

"빨간 모자야, 어디를 그리 급히 가니?"

늑대였어요.

늘대는 발톱과 이빨을 숨기고 상냥하게 말을 걸었어요.

착한 빨간 모자는 사실대로 대답했어요.

"할머니가 많이 아프셔서 맛있는 음식을 가지고

할머니 댁에 가요."

그러자 늘대가 부드럽게 물었어요.

"그랬구나. 할머니 댁이 어디니?"

빨간 모자가 대답했어요.

"저기 숲 속에 있어요."

늘대는 슬쩍 집이 있는 쪽을 돌아보며 말했어요.
"아픈 할머니를 위해서 꽃을 꺾어다 드리면 어떨까?
예쁜 꽃을 보면 할머니도 병이 금방 나으실 거야."
늑대의 말대로 숲 속에는 꽃이 가득 피어 있었어요.
빨간 모자는 신이 나서 꽃밭으로 달려갔어요.
"늑대 아저씨, 고마워요!"

늑대는 할머니 집으로 곧장 달려갔어요.
똑똑똑!
늑대는 할머니 집 문을 두드렸어요.
"할머니, 빨간 모자예요. 할머니께 드릴 음식을
가져왔어요. 문 좀 열어 주세요."
할머니는 깜빡 속아서 말했어요.
"문은 열려 있단다. 어서 들어오렴."
늑대는 문을 벌컥 열고 들어와서는
할머니를 꿀꺽 삼켜 버렸어요.

늑대는 할머니 침대에 누워 이불을
푹 뒤집어썼어요.
잠시 뒤 문을 두드리는 소리가 났어요.
똑똑똑!
"할머니, 빨간 모자예요. 예쁜 꽃을 꺾어 왔어요.
문 좀 열어 주세요."
늑대는 할머니 목소리를 흉내 내며 대답했어요.
"문은 열려 있단다. 어서 들어오렴."

빨간 모자는 꽃과 바구니를 들고 들어왔어요.
"할머니, 몸이 많이 아프신 건가요?"
늑대는 빨간 모자가 침대 가까이 다가오자
벌떡 일어났어요.
그러고는 빨간 모자를 한입에 꿀꺽 삼켜 버렸어요.

배가 부른 늑대는 그대로 침대에 누워
'드르렁드르렁' 코를 골며 잠이 들었어요.
늑대의 코 고는 소리는 집 밖에까지 들렸어요.
마침 그곳을 지나치던 사냥꾼이 그 소리를 들었어요.
"이상하군. 할머니가 코 고는 소리가 아닌걸?"
사냥꾼은 급히 할머니 집으로 달려갔어요.
가 보니 배가 불룩한 늑대 한 마리가 잠들어 있었어요.
그런데 늑대의 배 속에서 말소리가 들렸어요.
"살려 주세요! 살려 주세요!"
사냥꾼은 가위로 조심조심 늑대의 배를 갈랐어요.
그러자 빨간 모자가 톡 튀어나왔어요.
"와, 이제 살았다! 아저씨, 감사합니다!"
뒤를 이어 할머니도 나왔어요.
"늑대 배 속은 너무 캄캄하고 무서웠어. 고맙네."

늑대는 아직도 잠들어 있었어요.
사냥꾼과 빨간 모자는 돌멩이를 잔뜩 주워 와서
늑대의 배 속에 가득 넣고 꿰매어 버렸어요.
잠에서 깬 늑대는 목이 말라 일어나 우물가로 갔어요.
"어이구, 배가 너무 부른걸."
늑대는 비틀거리다 그만 우물에 빠져 죽고 말았어요.

할머니와 사냥꾼은 빨간 모자가
가져온 바구니의 음식을 맛있게
나누어 먹었어요.
할머니의 병도 금방 나았지요.
그 뒤로 빨간 모자는 엄마 말씀대로
안전한 길로만 다녔답니다.

벌거벗은 임금님

옛날에 새 옷을 좋아하는 임금님이 살았어요.

"여봐라, 멋진 새 옷을 가져오너라."

임금님의 새 옷을 만드느라 재봉사들은 정신없이 바빴어요.

"오늘은 어떤 옷을 만들어야 할까?"

재봉사들이 아무리 열심히 옷을 만들어 바쳐도

　임금님은 늘 불만이었어요.

　　　"이걸 옷이라고 만들어 왔느냐?"

　　　　"도대체 이 단추가 뭐란 말이냐?"

　　　　　새 옷을 볼 때마다 임금님은 옷을

　　　　　집어 던지며 화를 냈어요.

어느 날, 재봉사 두 명이 임금님을 찾아왔어요.
"임금님, 저희는 이 세상에 딱 하나밖에
없는 아주 특별한 옷을 만들 수 있습니다."
"오, 그렇다면 내 옷을 만들어 보아라."
"그런데 저희가 만든 옷은 착한 사람고
현명한 사람의 눈에만 보입니다."
임금님은 당장 옷을 만들어
오라고 명령했어요.

60

재봉사들은 옷을 만들기
시작했어요. 임금님의 몸을 잰 뒤
옷감을 쫙 펼쳐 놓고 가위로
쓱쓱 자른 다음, 옷을 꿰맸어요.
그런데 참 이상도 하지요.
이 옷감은 누구의 눈에도
보이지 않았어요.

며칠 뒤 재봉사들이 새 옷을 가져왔어요.
"임금님, 드디어 세상에서 단 한 벌밖에 없는
옷이 완성되었습니다. 한번 입어 보시지요."
임금님은 눈을 크게 뜨고 보았지만 옷은 보이지 않았어요.
"임금님은 착한 분이시니까 이 멋진 옷이 보이시겠지요?"
임금님은 가슴이 철렁 내려앉았어요.
"어허, 참으로 멋진 옷이로구나. 참으로 아름답도다."
임금님은 옷이 보이는 것처럼 아주 좋아했어요.
"임금님, 참으로 훌륭하고 멋진 옷입니다."
신하들도 옷이 보이는 것처럼 칭찬들을 늘어놓았어요.
"이 특별한 옷을 백성들에게 보여 주어야겠다."

임금님은 새 옷을 입고 거리로
나갔어요. 백성들은 깜짝 놀랐어요.
임금님이 발가벗고 거리로 나왔으니까요.
그렇지만 누구도 사실대로 말하지 못했어요.
임금님은 발가벗은 채 마차를 타고 거리를 누볐어요.
그때 한 소년이 큰 소리로 외쳤어요.
"임금님은 벌거숭이!"
사람들은 그제야 한목소리로 외쳤어요
"으하하! 임금님이 발가벗었네!"
임금님은 창피한 나머지 성으로
달려가 숨어 버렸대요.

플랜더스의 개

넬로는 할아버지와 함께 우유를 배달하면서 살았어요.
어느 날, 우유 수레를 끌고 가는데
길가에 큰 개 한 마리가 쓰러져 있었어요.
"할아버지, 너무 불쌍해요. 우리가 데리고 가요."
할아버지와 넬로는 개를 데려다 상처를 치료해 주고
파트라슈라는 이름도 지어 주었어요.
넬로와 파트라슈는 친한 친구가 되었어요.

그런데 얼마 뒤 할아버지가 병이 나서
드러눕고 말았어요.
넬로는 파트라슈와 둘이서 우유를 배달했어요.
일이 끝나면 넬로는 언제나 대성당으로 갔어요.
그곳에는 유명한 화가의 그림이 있었어요.
무척 귀한 그림이라 돈을 내야만 볼 수 있었지요.
'나도 대성당의 그림을 보고 싶어!'

넬로의 꿈은 화가였어요. 대성당 앞을 지날 때마다 넬로는
언젠가는 꼭 그 그림을 보겠다고 마음먹었어요.

넬로는 그림 연습을 할 때면 늘 단짝 친구인 알로아를
그렸어요. 알로아는 풍차 방앗간 집 딸이었어요.
알로아의 아버지는 딸이 가난한 넬로와
어울리는 것을 몹시 싫어했어요.
'훌륭한 화가가 되면 알로아의 아버지도
나를 좋아하실 거야.'
어느 날, 넬로는 정성껏 그린 그림을 미술 대회에 냈어요.
'대회에서 일등으로 뽑히면 대성당의 그림을 볼 수 있어.
상금을 타면 할아버지 약값도 걱정이 없는데……'
넬로는 기도를 하면서 하루하루 발표 날을 기다렸어요.

71

몹시 추운 어느 날, 알로아네 방앗간에 불이 났어요.
"넬로 짓이 분명해. 방앗간 근처에서 서성이는 걸 봤어!"
알로아의 아버지와 이웃 사람들은 넬로를 의심했어요.

그 무렵, 병이 더 깊어진 넬로의 할아버지마저
돌아가셨어요.
할아버지의 장례식을 치른 넬로는 파트라슈와
단 둘만 남았어요.

크리스마스 날 아침, 미술 대회
발표가 있었지만 안타깝게도
넬로의 그림은 뽑히지 않았어요.
'이젠 어떻게 하지……'
넬로는 힘없이 걷다가 눈 속에서
돈이 가득 들어 있는 주머니를
주웠어요.

그 돈주머니는 알로아 아버지의
것이었어요. 넬로는 곧장 알로아네
집으로 가서 지갑을 건네주고 돌아섰어요.
알로아의 아버지는 넬로에게 사과를 했어요.
"내가 그동안 착한 너를
몰라보았구나."

다음 날, 넬로는 대성당의 그림 아래에서
파트라슈를 꼬옥 껴안은 채 얼어 죽어 있었어요.
"넬로, 내가 잘못했다. 용서해 다오……."
알로아의 아버지가 울면서 말했어요.
함께 달려온 마을 사람들도 모두 눈물을 흘리며
슬퍼했답니다.

07 미운 아기 오리

엄마 오리는 아기 오리가 태어나기를 기다리며
알을 품고 있었어요.
어느 날, 톡톡 소리가 나더니 알에 작은 금이 가기
시작했어요.
동글동글한 알 속에서 예쁜 아기 오리들이
하나 둘 밖으로 나왔어요.
그런데 가장 커다란 알 한 개만 아무 소식이 없었어요.
잠시 뒤 알에서 나온 것은 아주 못생긴 오리였어요.
엄마 오리는 한숨을 쉬었어요.
"어유, 어쩌면 이렇게 못생겼을까?"

엄마 오리는 아기 오리들을 데리고 연못으로 갔어요.
아기 오리들은 서로 잘 어울려 놀았어요.
하지만 미운 아기 오리는 형제 오리들과 잘 어울리지
못했어요.

"정말 못생겼다!"
"이렇게 못생긴 오리가 어디 있어?"
농장 주인도 미운 아기 오리를 볼 때마다
못생겼다며 툭툭 차기 일쑤였어요.

미운 아기 오리는 아무도 몰래 농장을 떠났어요.
어디만큼 갔을까요?
날이 저물 무렵 미운 아기 오리는 호수에 도착했어요.
쌀쌀한 가을 하늘에는 날개가 크고 목이 긴
아름다운 새들이 떼를 지어 날고 있었어요.
"어쩌면 저렇게 예쁠까?"
미운 아기 오리는 새들이 떠나가는 모습을
하염없이 바라보았어요.
미운 아기 오리는 그 호수에서 혼자 살기로 마음먹었어요.
추운 겨울이 되자 호수의 물은 꽁꽁 얼어붙었어요.
미운 아기 오리는 호수 옆 갈대밭에서 쓸쓸히
추위를 견딜 수밖에 없었어요.

따뜻한 봄이 오자, 미운 아기 오리는 호수에 풍덩
뛰어들어 마음껏 헤엄을 쳤어요.
어느 날, 지난 가을에 떠났던 아름다운 새들이
돌아왔어요. 그 새들은 미운 아기 오리에게 다가왔어요.
미운 아기 오리는 눈을 꼭 감고 몸을 움츠렸어요.
그때 호기심 가득한 부드러운 목소리가 들렸어요.
"우리와 함께 놀지 않을래?
너처럼 아름다운 백조는 처음 봤어."
미운 아기 오리는 살며시 눈을 뜨고,
물에 비친 자기 모습을 보고는 깜짝 놀랐어요.
물에 비친 것은 크고 흰 날개를 가진 아름다운 백조였어요.
호수에 놀러 온 아이들이 소리쳤어요.
"저기 봐! 새로운 백조가 놀러 왔어!"
"눈같이 희고 예쁘다!"
아이들이 가리킨 백조는 수줍게 고개를 숙였어요.

08 바보 이반

옛날 어느 마을에 바보 이반이 살았어요.
이반은 부모님과 욕심 많은 두 형, 벙어리인 막내와
함께 살았어요.
어느 날, 큰형 세몽과 작은형 탈라스가 부모님에게
재산을 나누어 달라고 했어요.
두 형은 집안의 재산을 모조리 챙겨서 떠나 버렸어요.
이반은 혼자 부모님과 벙어리 동생을 돌보아야 했지요.
그래도 불평하지 않고 늘 싱글벙글 웃기만 했어요.

이반은 아무리 힘들어도 즐겁게 일했어요.

그런데 세 악마가 이런 이반을 못마땅하게 여겼어요.

세 악마는 항상 웃는 바보 이반을 골탕 먹이고 싶었어요.

"저런 바보! 언제까지 웃을 수 있는지 두고 보자!"

세 악마는 이반의 두 형을 가난뱅이로 만든 뒤

집으로 돌아와 이반과 싸우게 만들기로 했어요.

큰형 세몽은 군인이, 작은형 탈라스는 장사꾼이 되었어요.

하지만 세 악마 때문에 둘 다 빈털터리가 되었지요.

두 형은 아내와 자식들을 데리고 돌아왔어요.

집이 비좁아졌지만 이반은 씩 웃었어요.

"형님들, 걱정 마세요. 제가 얼른

집을 지을게요."

이반은 집 지을 나무를 구하러 산으로 갔어요.

첫 번째 악마가 이반을 따라가 방해했어요.

하지만 이반은 쉬지 않고 계속 나무를 베었어요.

첫 번째 악마는 지쳐서 이반의 다리를 붙들고 늘어졌어요.

"어? 누가 내 다리를 잡는 거지?"

이반은 도끼를 번쩍 치켜들었어요.

깜짝 놀란 첫 번째 악마가 싹싹 빌며 애원했어요.

"어이쿠, 살려 주세요! 저를 살려 주시면

금화 만드는 법을 가르쳐 드릴게요!"

첫 번째 악마는 떡갈나무 잎을 모아 놓고

싹싹 비비며 소리쳤어요.

"금화야, 나와라!"

그러자 떡갈나무 잎이 모두

금화로 변했어요.

다음 날, 이반은 지붕을 올릴 보릿단을 베러 나왔어요.
이번에는 두 번째 악마가 이반을 따라갔어요.
'보릿단을 모조리 썩게 만들어야지!'
두 번째 악마는 보릿단에 오줌을 누었어요.
그때 이반이 낫으로 보릿단을 '턱' 하고 찍는
바람에 악마의 꼬리가 잘리고 말았어요.

이반은 악마를 발견하고 낫을 번쩍 치켜들었어요.
"이 녀석, 또 말썽이구나!"
"어이쿠, 살려 주세요! 전 다른 악마예요!
전 보릿단으로 군인을 만들 수 있어요!"
"그래? 그럼 어디 한번 만들어 봐."
악마는 보릿단을 죽 늘어놓고 소리쳤어요.
"보릿단아, 모두 군인이 되어라!"
그러자 보릿단들은 군인이 되었어요.

94

이반은 악마에게 두 가지 재주를
배웠지만 바보라서 어디에 쓸지
몰랐어요.
그저 하던 대로 부지런히 나무를
베어다가 집을 짓고 보릿단으로
푸근하게 지붕을 이었지요.
집이 완성되자 이반은 마을 사람들을 초대했어요.
그리고 떡갈나무 잎으로 금화를 만들어서
사탕을 뿌리듯 나누어 주었어요.
이 모습을 본 작은형 탈라스는 이반에게
금화를 잔뜩 만들어 달라고 했어요.
이반은 웃으면서 금화를 만들어 주었어요.
작은형 탈라스는 금화를 싸들고 다시
장사를 하러 집을 떠났어요.

하루는 이반이 마을 사람들에게 보릿단으로
군인을 만드는 묘기를 보여 주었어요.
이 모습을 본 큰형 세몽은 이반에게
군인을 잔뜩 만들어 달라고 했어요.
이반은 웃으면서 잔뜩 만들어 주었어요.
그러자 큰형도 군인들을 데리고 전쟁터로
떠나 버렸어요.
며칠 뒤 이반은 울고 있는 한 여인을 만났어요.
"왜 그리 슬프게 울고 있어요?"
"세몽의 군인이 제 남편을 죽였대요."
이반은 깜짝 놀랐어요.
그리고 다시는 군인을 만들지 않겠다고 결심했지요.

어느 날, 공주님이 큰 병에 걸렸다는 소식이 들렸어요.
이반은 공주님이 어서 낫기를 바라는 마음으로
성에 찾아갔어요.
그런데 놀랍게도 공주님은 이반을 보자마자 병이
싹 나았어요.
"이반, 저와 결혼해 주시겠어요?"
공주님은 이반에게 청혼을 했고 둘은 결혼식을 올렸어요.
몇 년이 흐른 뒤 임금님이 세상을 떠나자,
이반은 뒤를 이어 왕이 되었어요.
나라 안의 똑똑한 사람들은 바보가 임금이 되었다는
소식을 듣고는 다른 나라로 떠나 버렸어요.
그래서 나라 안에는 이반 같은 바보만 남게 되었지요.
이반은 왕이 되어서도 부지런히 농사를 지었어요.
백성들도 열심히 일했어요.
모두 행복한 미소가 얼굴에서 떠나지 않았지요.

심술이 난 세 번째 악마는 이반이 괴로워하는 것을
보고 싶었어요.
그래서 금화를 아주 많이 만들어 온 나라에 뿌렸어요.
　　"이 금화만 있으면 힘들게 일할 필요 없어요!
자, 다들 가져가세요!"
　　　　사람들은 금화를 주워 신기한 듯
　　　　구경했어요. 하지만 이반의 나라
　　　　사람들은 모두 바보였기 때문에
　　　　시간이 지나자 다시 일하러 가 버렸지요.
　　　　세 번째 악마는 한숨을 쉬며 말했어요.
"아! 어떻게 해도 바보 이반은 이길 수 없구나!"
이반은 백성들과 열심히 일하며 오래오래
　　　　행복하게 살았답니다.

09 로빈슨 크루소

나는 1632년 영국에 있는 요크 지방의
부유한 집안에서 태어났어요.
내 꿈은 배를 타고 세계를 여행하는 것이었어요.
나는 열아홉 살 때 친구 아버지의 배를 타고
무작정 세계 여행을 떠났어요.
하지만 폭풍에 배가 난파되어 죽을 고비를 겪었지요.
두 번째 여행에서는 해적선의 습격을 받아
노예 신세가 되었지만, 무사히 탈출할 수 있었어요.

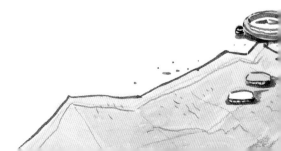

그런 일이 있은 뒤 나는 브라질로 왔어요.

사탕수수 농장을 꾸려 큰돈을 벌었지요.

하루는 친구들에게 내 항해 이야기를 들려주었는데,

세 친구는 노예 이야기에 흥미를 보였어요.

"다른 대륙의 노예를 데려오고 싶네.

배를 준비했으니 자네가 같이 가 주게."

나는 사탕수수 농장을 관리인에게 맡긴 뒤

친구들과 여행을 떠났어요.

어느 날, 우리가 탄 배는 지독한 폭풍우를 만났어요.

결국 '쿵' 하는 소리와 함께 배가 암초에

부딪혀 부서졌어요.

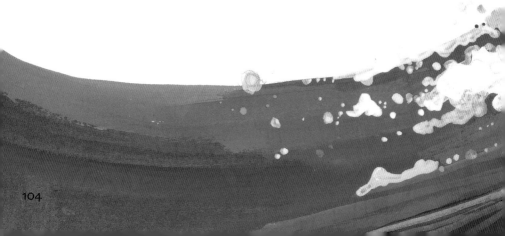

간신히 어떤 육지에 닿아 정신을 차려 보니
살아남은 건 나 혼자뿐이었어요.
그 섬은 아무도 살지 않는 무인도였어요.
나는 난파된 배에서 물건을 건져 뗏목에 실어 왔어요.
그리고 엉성하게나마 쉴 곳을 마련한 뒤
가끔 산양을 사냥해 잡아먹었어요.
이렇게 끝도 없는 무인도 생활을 시작했지요.
무인도에서 내 친구라고는
개 한 마리와 고양이 두 마리뿐이었어요.
나는 생활에 필요한 모든 것들을 스스로 만들어
써야 했어요.
나는 카누를 만들어서 타고 다니며 섬을 살폈어요.

이렇게 25년이 흐른 어느 날,
다른 섬에 사는 원주민 몇 명이 무인도에 왔어요.
그 원주민들은 누군가를 묶어서 끌고 왔어요.
나는 묶여 있던 사람을 구해 주고 그의 아버지도
구해 주었지요.

나는 그에게 프라이데이(금요일이란 뜻)라고
이름을 지어 주었어요.
프라이데이와 함께 지낸 3년은 내가 무인도에
갇힌 뒤 가장 즐거운 시간이었어요.

프라이데이는 자기가 살던 섬에
다른 난파된 배의 선원들이 붙잡혀 있다고 말했어요.
나는 프라이데이와 함께 원주민들이 사는
섬으로 가서 선원들을 구해 주었어요.
선원들은 목숨을 구해 준 내게 고마워하며 말했어요.
"당신을 위해 무엇이든 하겠습니다."
나는 그 섬의 왕이 된 것 같았어요.

며칠 뒤 영국에서 온 배 한 척이 무인도에 도착했어요.

배에서 내린 한 무리의 사람들이

여러 사람을 묶어서 끌고 내렸어요.

나는 묶인 사람들에게 몰래 다가가 사정을 물었어요.

"난 배의 선장이오. 그런데 부하에게 배신당해

배를 빼앗기고 말았소."

나는 프라이데이와 함께 묶인 사람들을 구해 주었어요.

배신했던 선원들은 섬에 남겨 둔 채

나와 프라이데이는 배에 올랐지요.

28년간의 무인도 생활은 이렇게 끝이 났어요.

고향에 돌아가 보니 부모님은 이미
돌아가신 뒤였어요.
나는 브라질의 농장을 팔아 그동안 도움받은
사람들에게 돈을 나누어 주었지요.
그 뒤 결혼을 해서 아들 둘과 딸 하나를 두었어요.
아내가 죽은 뒤인 1694년, 나는 다시 배에 올랐어요.
그리고 그 섬을 찾아가 사람들에게 필요한 물건을
가져다주었지요.
가끔 브라질에서 그 섬에 가고 싶어 하는 사람들을
배에 태워다 주기도 했답니다.

10 어리석은 소원

어느 마을에 가난한 나무꾼이 살고 있었어요.

어느 날, 숲 속에서 나무를 하던 나무꾼이 말했어요.

"이렇게 힘들게 일해도 늘 가난하다니.

신도 참 너무해. 내 소원은 하나도

들어주시지 않잖아."

나무꾼은 땅에 주저앉아 투덜거렸어요.
그때 제우스 신이 나타났어요.
"오늘 네 소원을 세 가지 들어주마.
그 소원들이 널 행복하게 해 줄지 지켜보겠다."
제우스 신은 말을 마치고는 하늘로 올라갔어요.

나무꾼은 신이 나서 집으로 달려왔어요.
"여보, 오늘 제우스 신께서 나타나
세 가지 소원을 들어준다고 했소.
이제 더 이상 고생할 필요가 없어요!"
나무꾼의 아내가 기뻐하며 말했어요.
"그게 정말이에요? 어떤 소원을 빌까요?"
기분이 좋아진 나무꾼은 포도주를 한 잔 따라
난로 앞에 앉으며 말했어요.
"기다란 소시지 하나 구워 먹으면 좋겠군."
나무꾼이 말을 마치자마자 기다란 소시지가
공중에서 뚝 떨어졌어요.
첫 번째 소원이 이루어진 거예요.

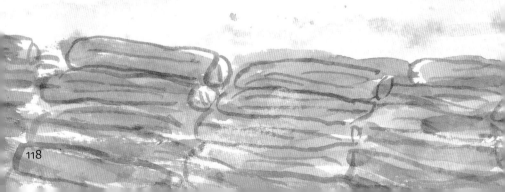

그 모습을 본 아내가 화를 내며 소리쳤어요.
"귀한 소원을 소시지 따위에 써 버리다니!
이런 바보! 차라리 소나 돼 버려요!"
나무꾼은 아내의 말에 몹시 화가 났어요.
"에잇, 소시지나 코에 확 붙어 버려라!"
그러자 커다란 소시지가 아내의 코에
찰싹 붙어 버렸어요.

두 번째 소원이 이루어진 거예요.

나무꾼은 어이가 없었지만 마지막 소원을 빌 수밖에
없었지요.

"아내의 코에서 소시지를 떼어 주세요."

그러자 기다란 소시지가 코에서 뚝 떨어지고 아내의
코는 원래대로 돌아왔답니다.

11 백설 공주

옛날 어느 나라에 예쁜 공주가 태어났어요.
왕비는 눈처럼 하얀 얼굴을 가진 딸에게
'백설'이란 이름을 지어 주었어요.
백설 공주가 일곱 살이 되던 해에,
왕비가 병을 앓다가 세상을 떠났어요.
왕은 어린 백설 공주를 위해 새 왕비를 맞이했어요.
새 왕비는 아주 젊고 아름다웠어요.
하지만 샘이 많고 세상에서 자기가 가장 아름답다고
생각했어요.

새 왕비에게는 진실을 말하는 마법 거울이 있었어요.
왕비는 그 거울에게 매일매일 똑같이 물어보았지요.
"거울아, 거울아. 세상에서 누가 가장 예쁘지?"
"새 왕비님이십니다."
세월이 지나 백설 공주는 예쁜 소녀로 자라났어요.
어느 날, 새 왕비의 물음에 거울은 이렇게 대답했어요.

"백설 공주님이 가장 아름답습니다."
새 왕비는 백설 공주가 너무나 미웠어요.
그래서 사냥꾼에게 백설 공주를
죽이라고 시켰어요.

백설 공주는 숲으로 소풍을 가는 줄 알고
사냥꾼을 따라 나섰어요.
숲 속에 도착하자 사냥꾼은 백설 공주를
죽이려고 칼을 뽑아들었어요.
하지만 차마 죽일 수 없었지요.
"공주님, 여기서 멀리 달아나세요."
백설 공주는 깊은 숲 속으로 도망쳤어요.
숲 속은 금방 어두워졌어요.
배고프고 지친 백설 공주는 작은 오두막을
발견하고 문을 두드렸어요.
창문으로 들여다보니 식탁에는 따뜻한 수프가
차려져 있었고, 포근한 침대도 있었어요.
하루 종일 숲을 헤맨 백설 공주는 오두막에 들어가
수프를 먹고 침대에 누워 잠이 들었어요.

일을 마치고 집에 돌아온 일곱 난쟁이들은
깜짝 놀랐어요.
저녁 식사로 차려 둔 수프가 사라졌고,
침대에는 아주 예쁜 공주가 잠들어
있었으니까요.
일곱 난쟁이들은 공주가 깰 때까지 기다렸어요.
잠에서 깬 백설 공주는 일곱 난쟁이들에게
사정을 이야기했어요.
"새 어머니가 절 죽이려고 해요."
일곱 난쟁이들은 백설 공주를 지켜 주기로
했어요.
"여기서 우리랑 같이 지내요. 낯선 사람에겐
절대 문을 열어 주지 마세요."

한편, 새 왕비는 다시 마법 거울에게 물었어요.

"거울아, 거울아. 세상에서 가장 아름다운 사람이 누구지?"

"그야 물론 백설 공주님이시지요."

"뭐라고?"

새 왕비는 독을 바른 빗을 준비한 뒤,

빗 장수로 꾸미고 일곱 난쟁이의 집으로 찾아갔어요.

"아가씨, 예쁜 빗을 팔러 왔어요. 문 좀 열어 주세요."

백설 공주는 일곱 난쟁이들의 말을 까맣게 잊고는

빗 장수에게 문을 열어 주었어요.

"아가씨, 제가 머리를 빗겨 줄게요."
빗 장수가 독빗으로 머리를 빗자,
백설 공주는 그만 정신을 잃고 쓰러졌어요.
집에 돌아온 난쟁이들은 쓰러진 백설 공주를 발견하고
깜짝 놀랐어요. 난쟁이 중 한 명이 독빗을 머리에서
빼내자 백설 공주는 다시 숨을 쉬었어요.

새 왕비는 궁전으로 돌아와 마법
거울에게 물었어요.
"거울아, 거울아. 이 세상에서
가장 아름다운 게 누구지?"
"그야 물론 백설 공주님이지요.
새 왕비는 너무 화가 나서 발을
쾅쾅 굴렀어요. 새 왕비는 독을
넣은 사과를 만들고, 이번에는
사과 장수로 꾸몄어요. 그리고
다시 일곱 난쟁이의 집으로 갔어요
"아가씨, 맛있는 사과 좀 사시겠어요?"

백설 공주는 탐스러운
사과가 먹고 싶었지만,
일곱 난쟁이들의 말이
떠올라 망설였어요.
"사과 한 개를 선물로 드릴
테니 잠시 문 좀 열어 주세요."
백설 공주는 그만 문을 열어
주고 말았어요.
사과를 한 입 베어 문 백설 공주는
정신을 잃고 쓰러졌어요.
새 왕비는 기뻐하며 돌아갔어요.

집에 돌아온 일곱 난쟁이들은
쓰러진 백설 공주를 보고 엉엉 울었어요.
"공주님, 일어나 보세요!"
아름다운 백설 공주는 마치 잠이 든 것 같았어요.
차마 차가운 땅속에 묻을 수가 없었지요.

일곱 난쟁이들은 유리로 관을 만들고,
그 안에 백설 공주를 눕혔어요.

어느 날, 숲을 지나던 이웃 나라
왕자님이 유리관 속에 누워 있는
백설 공주를 보았어요.

"이렇게 아름다운 아가씨가 세상에 있다니!"
왕자님은 백설 공주를 성으로 데려가기로 했어요.
일곱 난쟁이들은 조심조심 유리관을 옮겼어요.
그러다가 실수로 유리관을 떨어뜨리고 말았어요.
그때 백설 공주의 입에서 사과 조각이 툭 튀어나왔어요.
백설 공주는 잠에서 깨듯 눈을 떴어요. 백설 공주와
왕자님은 성으로 가서 성대한 결혼식을 올렸어요.
그리고 오래오래 행복하게 살았답니다.

걸리버 여행기

옛날 영국에 걸리버라는 의사가 살고 있었어요.
어느 날, 걸리버는 배를 타고 여행을 떠났어요.
그런데 갑자기 비바람이 몰아치더니 배가 흔들리기
시작했어요.
"배에 물이 들어온다!"
배에 탄 사람들은 무서워서 소리를 질렀어요.
큰 파도가 덮치자 걸리버는 그만 정신을 잃고
말았어요.

139

한참 뒤에 눈을 떠 보니,
걸리버는 바닷가 모래밭에 누워 있었어요.
그런데 이상하게도 몸을 움직일 수가 없었어요.
"어, 이게 어떻게 된 일이지?"
걸리버는 가느다란 줄로 꽁꽁 묶여 있었어요.
고개를 옆으로 돌린 걸리버는 깜짝 놀랐어요.
손가락만 한 작은 사람들이 쳐다보고 있었거든요.
"앗, 괴물이 눈을 떴다!"
"괴물이 줄을 끊을지도 모르니
조심해라!"
얼마 뒤, 작은 군인들이 몰려와
걸리버를 어디로인가 데려갔어요.

141

그곳은 아주 작은 사람들이 사는 소인국이었어요.

임금님은 걸리버를 자세히 살펴보았어요.

"음, 몸집만 크지 생김새는 우리랑 똑같군."

걸리버가 임금님에게 말했어요.

"제 이름은 걸리버이고, 의사입니다. 여러분을 해칠

생각이 조금도 없으니 저를 풀어 주십시오."

임금님은 고개를 끄덕이며 명령했어요.

"걸리버를 풀어 주고 맛있는 음식을 갖다 주어라!"

요리사들이 맛있는 음식을 잔뜩 내왔어요.

걸리버는 허겁지겁 음식을 먹었어요.

소인국 사람들은 그 어마어마한 양에 놀라

입을 딱 벌렸어요.

걸리버는 소인국에서 살게 되었어요.
사람들은 친절한 걸리버를 무척 좋아했어요.
특히 아이들이 잘 따랐어요.

"걸리버 아저씨, 놀아 주세요!"

그럴 때마다 걸리버는 아이들을 손바닥 위에 올려놓고
마음껏 뛰어놀게 했어요.

그러던 어느 날, 임금님이 걸리버를 불렀어요.

"임금님, 무슨 일이십니까?"

"이웃 나라 임금이 자기 멋대로 내 딸을 왕비로 삼으려
한다네. 거절한다면 곧 군대를 이끌고 쳐들어올 걸세."

"걱정 마십시오. 제가 물리치겠습니다."

걸리버가 씩씩하게 말했어요.

얼마 뒤 이웃 나라 임금이 소인국으로 쳐들어왔어요.
걸리버는 바다로 성큼성큼 걸어 들어갔어요.
이웃 나라 임금과 군인들은 걸리버를 보고 깜짝 놀랐어요.
"괴물이다! 괴물이 나타났다! 공격!"

군인들이 화살을 쏘았지만 걸리버는 눈도 깜짝 안 했어요.

걸리버는 이웃 나라 배를 밧줄로 묶고는 잡아당겼어요.

"괴물에게 이제 꼼짝없이 붙잡혔구나!"

이웃 나라 임금과 군인들은 발만 동동 굴렀어요.

"와, 걸리버가 우리나라를 구했다!"

소인국의 임금님과 백성들은 무척 기뻐했어요.

임금님은 기뻐하면서
큰 잔치를 열었어요.
"임금님, 이웃 나라
임금과 군인들은
어떻게 하셨습니까?"
걸리버가 임금님에게 물었어요.
"모두 감옥에 가둬 두었네."
"앞으로 싸우지 말고 사이좋게
지내는 건 어떨까요?"
걸리버의 말에 임금님은
고개를 끄덕였어요.

"모두 풀어 주어라!"
두 임금님은 악수를 나누고, 앞으로
평화롭게 지내기로 했어요.
소인국 사람들은 걸리버를
더욱 좋아하게 되었어요.
하지만 걸리버는 점점 집으로
돌아가고 싶었어요.

149

어느 날, 바닷가에 부서진 배 하나가
파도에 떠밀려 왔어요.
'이걸 고쳐서 타면 집으로 돌아갈 수 있겠어!'
걸리버는 소인국 사람들에게 집으로
돌아가겠다고 말했어요.
"걸리버, 여기서 우리랑 함께 살아요!"
소인국 사람들은 가지 말라고 말렸어요.
하지만 가족을 그리워하는 걸리버의 마음을
알고는 함께 배를 고쳐 주었지요.

151

152

"걸리버, 안녕!"

"여러분, 안녕히 계세요!"

걸리버는 소인국 사람들에게 작별 인사를 했어요.
그러고는 가족들이 있는 고향을 향해 힘차게
노를 저어 갔어요.

13 신데렐라

옛날 어느 귀족 집에 예쁜 여자 아기가 태어났어요.

아기는 건강하고 예쁘게 자랐어요.

하지만 엄마가 얼마 못 가 병으로 죽고 말았어요.

아빠는 딸을 위해 새엄마를 맞았어요.

새엄마는 두 딸을 데리고 왔어요.

그런데 새엄마와 두 언니는 욕심쟁이에 심술쟁이였어요.

아빠가 없으면 막내를 괴롭히고 온갖 집안일을

다 떠맡겼어요. 그래도 막내는 조금도 불평하지

않았어요.

155

그러던 어느 날, 아빠마저 세상을 떠나고 말았어요.

새엄마는 막내를 더 못살게 굴었어요.

"오늘부터 넌 다락방에서 지내!"

막내는 새벽부터 밤늦게까지 고된 일을 해야 했어요.

하루는 난로 청소를 하느라 온통 검댕을 뒤집어쓰고

말았어요.

그 모습을 본 두 언니는 깔깔거리며 웃었어요.

"아이, 더러워! 이 재투성이!"

"오늘부터 얘를 신데렐라라고 부르자!"

신데렐라는 '재투성이'란 뜻이에요.

신데렐라는 눈물을 삼키며 계속 청소를 했어요.

어느 날, 궁전에서 큰 무도회가 열린다는 소식이
들려왔어요.
이 무도회에서 왕자님의 신부를 고른다고 했어요.
무도회 날이 되자 두 언니는 새벽부터 신데렐라에게
심부름을 시켰어요.
"신데렐라! 어서 내 드레스 가져와!"
"신데렐라! 당장 내 머리 빗겨!"
새엄마는 한껏 꾸민 두 딸과 함께 마차를 탔어요.
"애들아, 어서 서두르자. 왕자님이 기다리시겠다."
신데렐라도 무도회에 가고 싶었어요.
하지만 새엄마는 싸늘한 목소리로 말했어요.
"집 청소나 제대로 해 놔! 그렇지 않으면 호되게
혼날 줄 알아!"
신데렐라는 떠나는 마차를 보며 눈물을 흘렸어요.

그때 인자하게 생긴 요정 할머니가 나타났어요.

"얘야, 왜 그리 슬프게 우니? 무도회에 가고 싶니?"

신데렐라는 깜짝 놀라 눈물을 닦으며 고개를 들었어요.

요정 할머니는 신데렐라에게 말했어요.

"어서 가서 커다란 호박 한 개, 생쥐 두 마리,

도마뱀 한 마리를 가져오렴."

신데렐라는 얼른 요정 할머니가 말한 대로 했어요.

요정 할머니는 지팡이로 호박과 생쥐와

도마뱀을 톡톡 두드렸어요.

그러자 멋진 마차와 하얀 말, 마부가 생겼어요.

요정 할머니는 이번에는 신데렐라를 지팡이로

톡톡 두드렸어요.

그러자 신데렐라의 옷이 눈부신 드레스로 변했어요.

요정 할머니는 유리 구두 한 쌍을 신데렐라에게

주며 말했어요.

"밤 12시가 되면 마법이 풀리니 그전에
돌아와야 한다."
신데렐라는 기뻐서 요정 할머니를
꼭 끌어안았어요.

성대한 무도회가 한창인 궁전에 마차가
한 대 도착했어요.
그리고 아름다운 신데렐라가 무도회장에 들어섰어요.
왕자님은 신데렐라에게 한눈에 반해 춤을 신청했어요.
사람들은 신데렐라를 보며 수군댔어요.
"저 아름다운 아가씨는 누구지요? 왕자님과 참
잘 어울려요."
새엄마와 두 언니도 왕자님과 춤을 추는 아가씨가
신데렐라라고는 상상도 못 했지요.

그때 밤 12시를 알리는 종소리가 울렸어요.

땡, 땡, 땡, 땡……

신데렐라는 화들짝 놀라 궁전 밖으로 뛰어나갔어요.

유리 구두 한 짝이 벗겨졌지만 주울 새도 없었어요.

왕자님이 뒤쫓아 왔을 때 이미 신데렐라는

떠난 뒤였어요.

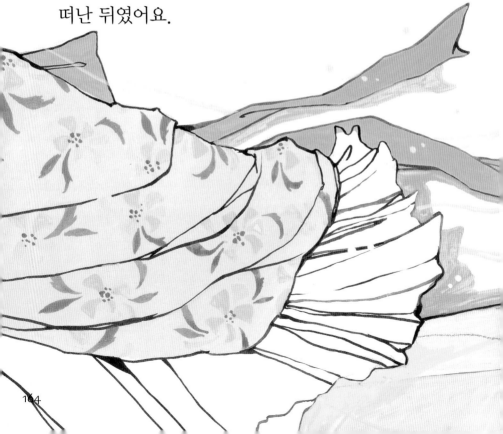

다음 날 아침, 온 나라가 떠들썩했어요.
왕자님이 지난밤 무도회에서 만났던 아가씨를 찾기
위해 집집마다 신하들을 보냈기 때문이에요.
마침내 신하가 신데렐라의 집에도 찾아왔어요.
"왕자님께서 이 유리 구두가 맞는 분을 찾고 있습니다."
새엄마와 두 언니는 앞 다투어 유리 구두를 신었어요.
하지만 아무도 맞지 않았지요.
마지막으로 신데렐라가 신어 보았더니
발에 꼭 들어맞았어요.

"오, 이럴 수가!"

새엄마와 두 언니는 너무 놀라서 비명을 질렀어요.

왕자님의 신하가 신데렐라에게 말했어요.

"아가씨, 궁전으로 가시지요. 왕자님께서

기다리십니다."

신데렐라는 자기 모습이 초라해서 망설였어요.

그때 요정 할머니가 나타나 지팡이를 흔들자,

신데렐라는 다시 아름다운 차림으로 변했어요.

신데렐라는 왕자님과 결혼해서 행복하게

잘 살았어요.

169

14 알라딘과 요술 램프

옛날 어느 마을에 알라딘이라는
가난한 소년이 살았어요.
알라딘은 날마다 친구들과 놀기만 했어요.
어느 날, 한 남자가 알라딘을 찾아왔어요.
"난 너의 큰아버지란다. 네 아버지랑 꼭 닮았구나!"
사실 그 남자는 나쁜 마법사였어요.
마법사는 알라딘을 시장으로 데려가
이것저것 사 주었어요.
알라딘은 마법사가 큰아버지라고 믿게 되었어요.

171

하루는 마법사가 알라딘에게 말했어요.
"너한테 줄 게 있다. 그러니 나와 함께 가자."
마법사는 알라딘을 깊은 산속 커다란 바위 앞으로
데려갔어요.
"이 돌을 밀면 문이 열린단다."
알라딘이 바위를 밀자 꿈쩍도 안 할 것 같던 바위가
스르륵 움직였어요. 그러자 아래로 깊숙이 뚫린
동굴 입구가 나타났어요. 마법사는
알라딘에게 반지 한 개를 주며 말했어요.
"저 안에 램프가 있으니 가져오렴.
위험할 땐 이 반지를 써라."

알라딘은 조심조심 동굴 아래로
내려갔어요. 램프는 쉽게 찾을 수 있었지요.
나오는 길에 보니 온갖 금은보화가 잔뜩 쌓여 있고,
과일도 주렁주렁 매달려 있었어요.
알라딘은 보이는 대로 주머니에 쑤셔 넣었어요.
동굴 입구에 도착한 알라딘에게 마법사가 말했어요.
"먼저 램프를 다오. 그다음에 널 끌어올려 주마."
알라딘은 왈칵 두려운 마음이 들었어요.
"저를 먼저 올려 주세요."
알라딘은 램프를 건네주지 않았어요.
　마법사는 화를 내며 돌문을
　　　닫고 가 버렸어요.

알라딘은 어둠 속에서 무서워 덜덜 떨었어요.

두 손을 맞잡고 여기서 나가게 해 달라고 빌다가

우연히 마법사가 준 반지를 문지르게 되었어요.

그러자 놀랍게도 반지에서 커다란 거인이 나왔어요.

"주인님, 무엇을 도와 드릴까요?"

알라딘은 깜짝 놀라 반지의 거인을 바라보다가 말했어요.

"나를 집으로 데려다 줘."

반지의 거인은 눈 깜짝할 사이에 알라딘을

집에 데려다 주었어요.

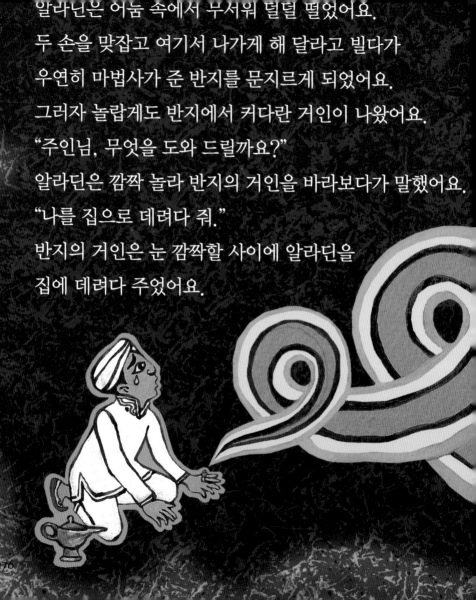

177

집으로 돌아온 알라딘은 동굴에서 가져온 과일과
금은보화를 팔아서 음식을 샀어요. 다른 것은
모두 팔렸지만 낡은 램프만은 팔리지 않았지요.
알라딘은 닦아서 팔려고 램프를 쓱쓱 문질렀어요.
그러자 반지의 거인보다 더 큰 거인이 나타났어요.
"주인님, 무슨 소원을 들어 드릴까요?"
알라딘은 잠시 생각하다가 말했어요.
"배고프지 않게 음식을 많이 가져다줘."
그러자 램프의 거인은 음식이 담긴 은쟁반을
잔뜩 가져왔어요.
알라딘은 음식을 먹고 남은 은쟁반을 팔아
나라에서 제일가는 부자가 되었어요.

어느 날, 알라딘은 길을 지나다가 아름다운 공주를
보고는 사랑에 빠져 버렸어요.
알라딘은 보물을 잔뜩 싣고 궁전으로 가서 왕에게
말했어요.

"공주님을 사랑합니다. 결혼하게 해 주세요."
왕은 고민했어요.
이미 공주를 신하의 아들과 결혼시키기로 약속했기
때문이에요.
그래서 무리한 요구를 했어요.
"금접시 100개에 귀한 보석을 잔뜩 담아
노예 100명에게 들려 보내면
공주와 결혼시켜 주마."

알라딘은 램프의 거인을 불러서
금접시와 보석과 노예를 뚝딱 만들어 냈어요.
선물을 받은 왕은 좋아서 입이 쩍 벌어졌어요.
"공주와의 결혼을 허락하노라."
알라딘과 공주는 금방 서로 사랑하게 되었고
결혼식을 올렸어요.
알라딘은 램프의 거인을 불러서
세상에서 가장 아름다운 궁전을 지었어요.
그리고 그곳에서 공주와 행복하게 지냈어요.

183

한편, 알라딘의 소식을 들은 마법사는 화가 나서
어쩔 줄 몰랐어요.
"내 램프를 가로채다니, 가만 두지 않겠다!"
마법사는 램프 장수로 꾸미고 궁전 앞에서 소리쳤어요.
"낡은 램프를 새것으로 바꾸어 드립니다!"
공주는 이 말을 듣고 낡은 램프를 내주었어요.
마법사는 얼른 램프를 바꿔 주고는
바람같이 말을 달려 멀리 달아났어요.
그러고는 램프를 문질러서 거인에게 명령했어요.
"나와 공주가 있는 궁전을 멀리 옮겨라!"
"네, 주인님."
램프의 거인은 마법사와 공주가 있는
궁전을 멀리 옮겼어요.

공주와 궁전이 사라진 것을 알고 알라딘은
깜짝 놀랐어요.
공주를 찾기 위해 사방을 헤맸지만 찾을 수 없었지요.
그러다가 문득 반지의 거인이 생각났어요.
알라딘이 반지를 문지르자 반지의 거인이 나타났어요.
"공주를 찾아 줘. 궁전도!"
그러자 반지의 거인은 고개를 저었어요.
"그건 제 힘으로 할 수 없습니다.
램프의 거인은 저보다 힘이 셉니다.
대신 그곳으로 주인님을 모셔다 드리겠습니다."
반지의 거인은 알라딘을 공주와 궁전이 있는 곳으로
데려다 주었어요.

알라딘은 궁전에 들어가 공주와 만났어요.

그리고는 공주와 기쁨을 나눈 뒤 물었어요.

"혹시 낡은 램프를 보지 못했소?"

그러자 공주가 낡은 램프를 새 램프로 바꾼 일을

말했어요.

그리고 눈물을 흘리며 말을 이었어요.

"마법사가 내게 아내가 되어 달라며 괴롭혀요."

알라딘은 공주에게 약을 주며 말했어요.

"이 약을 음료수에 타서 마법사에게 먹여요."

그날 밤 공주는 약을 탄 음료수를 마법사에게 권했어요.
마법사는 좋아하며 음료수를 받아 마시고는 곧 깊은
잠에 빠졌어요. 알라딘은 마법사를 쫓아 버리고
램프의 거인을 불렀어요.
"나와 공주와 궁전을 다시 돌려보내 주렴."
알라딘과 공주는 오래오래 행복하게 살았답니다.

15 피노키오

목수 제페토 할아버지는 외롭게 혼자 살았어요.
어느 날, 할아버지는 사람을 닮은 나무 인형을
만들고는 피노키오라는 이름을 지어 주었어요.
할아버지는 나무 인형 피노키오를
친아들처럼 사랑했어요.
피노키오도 사람이 되어 할아버지의 아들로
살고 싶었어요.

그러던 어느 날 밤, 천사가 피노키오를 찾아왔어요.
"피노키오야, 착하게 살면 너도 사람이
될 수 있단다."
피노키오는 앞으로 착하게 살기로 결심했어요.
제페토 할아버지는 피노키오를 학교에
보내기로 했어요.
"피노키오, 학교에 가면서 절대
다른 길로 빠지면 안 된다.
알았지?"

피노키오는 학교 가는 길에 여우와 고양이를 만났어요.
여우가 말했어요.
"우리 같이 인형 극장에 갈래? 정말 재미있어."
피노키오는 할아버지 말을 깜빡 잊고
여우와 고양이를 따라 인형 극장에 갔어요.
피노키오는 인형들을 따라 신 나게 춤추며 놀았어요.
그 모습을 본 극장 주인은 생각했어요.
'저 나무 인형만 있으면 돈을 많이 벌겠는데.'
극장 주인은 피노키오를
새장에 가두었어요.

그때 천사가 다시 나타났어요.
"피노키오, 여기서 뭐 하는 거니?"
"고양이와 여우가 저를
여기로 끌고 왔어요."
피노키오는 거짓말을 했어요.
그러자 피노키오의 코가
쑤욱 길어졌어요.

천사가 다시 물었어요.
"그 말이 정말이니?"
"정말이에요. 어? 그런데
내 코가 왜 이러지?"

피노키오가 거짓말을 할 때마다
코는 점점 더 길어졌어요.
겁이 난 피노키오는 정직하게
말했어요.
"사실은 제가 놀고 싶어서
따라왔어요."

그러자 피노키오의 코는 원래대로 쏙 줄어들었어요.
"거짓말을 하면 진짜 사람이 될 수 없단다."
천사는 피노키오를 새장에서 꺼내 주었어요.

집에 가는 길에 피노키오는 이상한 마차를
만났어요.
마차에는 아이들이 많이 타고 있었어요.
아이들이 피노키오에게 말했어요.
"놀이동산에 놀러 갈래? 거기 가면
마음껏 놀 수 있대."
피노키오는 신이 나서 아이들을 따라갔어요.

히히힝!

피노키오는 아이들과 어울려 정신없이 놀았어요.

　그런데 이게 웬일이에요?

　　아이들이 서서히 당나귀로 변하는 것이었어요!

　　피노키오도 마찬가지였지요.

　　마부는 당나귀가 된 피노키오와 아이들을

　서커스단에 팔아 버렸어요.

　피노키오는 서커스단에서 날마다 매를 맞았어요.

"이런 바보 같은 당나귀 같으니라고!"

　　서커스 단장은 화가 나서 피노키오를 바다에

　　　던져 버렸어요.

바다에 빠지자마자 피노키오는 원래
모습으로 돌아왔어요.
그런데 그 순간, 커다란 고래가 피노키오를 한입에
삼켜 버렸어요.
"으아악!"

고래 배 속에서 피노키오는 뜻밖에도
할아버지를 만났어요.
"할아버지!"
할아버지는 깜짝 놀라 소리쳤어요.
"아니, 피노키오가 아니냐!"
"할아버지, 제가 잘못했어요."

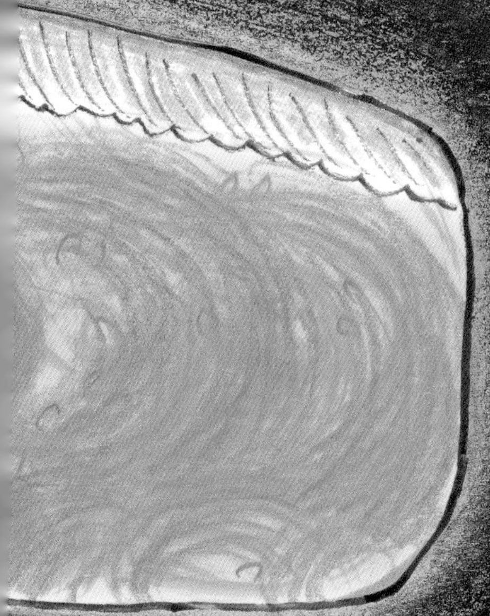

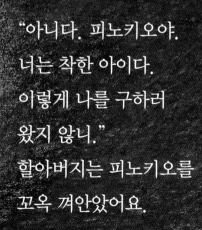

"아니다, 피노키오야.
너는 착한 아이다.
이렇게 나를 구하러
왔지 않니."
할아버지는 피노키오를
꼬옥 껴안았어요.

할아버지는 고래 배 속에다 불을 피웠어요.
연기가 모락모락 나자 고래는 코가 간질간질한지
재채기를 했어요.
"에, 에, 에, 에취!"
그 바람에 피노키오와 할아버지는 고래 입 밖으로
빠져나올 수 있었어요.

피노키오는
할아버지와 함께 집으로 돌아왔어요.
"할아버지, 이제 정말 착한 아이가 될게요."
피노키오는 그동안의 잘못을 진심으로
뉘우쳤어요. 그때 요정이 나타나 말했어요.
"정말 착해졌구나, 피노키오야.
이제 진짜 사람으로 만들어 주마."
나무 인형 피노키오는 진짜 사람이 되었어요.
그 뒤로 피노키오는 제페토
할아버지와 함께
행복하게 잘 살았답니다.

16 잠자는 숲 속의 공주

먼 옛날 어느 나라에 어진 임금님과
착한 왕비님이 살고 있었어요.
어느 날, 예쁜 공주님이 태어났어요.
임금님은 무척 기뻐하며 숲 속에 사는 세 요정을
초대했어요.
요정들은 저마다 한 가지씩 축복을 해 주었어요.
"가장 아름다운 공주님이 되세요."
"착한 마음을 가진 공주님이 되세요."
그때 초대받지 못한 못된 마녀가 찾아왔어요.
"날 초대하지 않다니! 이 공주는 열여섯 살이 되는 날,
물레에 찔려 죽을 것이다!"
못된 마녀의 저주에 모두 깜짝 놀랐어요.

그때, 아직 축복을 하지 않은 세 번째 요정이 말했어요.
"만약 공주님이 물레에 찔린다면,
백 년 동안 잠을 잔 뒤 깨어날 수 있을 겁니다."
임금님과 왕비님은 마녀의 저주가 두려웠어요.
"나라 안의 모든 물레를 불태워라!"
임금님과 왕비님은 그래도 안심이 되지 않았어요.
그래서 공주를 키우면서 조심하고 또 조심했어요.

임금님과 왕비님은 공주를 밖에 나가지 못하게 했어요.
공주는 성 안의 탑을 돌아다니며 놀았지요.
어느덧 공주는 자라서 열여섯 살 생일을 맞았어요.
그날도 공주는 탑을 돌아다니다가 꼭대기에서
못 보던 문을 발견했어요.
공주는 살그머니 문을 열어 보았어요.
그곳에는 임금님과 왕비님이 모두 불태워 버렸다고
믿었던 물레가 있었어요.
공주는 신기해서 물레를 돌려 보았어요.
그러다가 그만 물레 바늘에 손가락을 찔리고 말았어요.
공주는 그대로 쓰러져 잠이 들었어요.

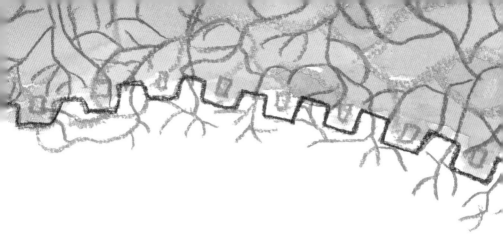

세 번째 요정은 공주가 잠에 빠진 것을 알고
고민했어요.
"공주님이 백 년 동안 잠을 자고 난 뒤에
이 성에 아무도 없어서는 안 되지."
세 번째 요정은 성 안의 모든 사람들이
깊은 잠에 빠지도록 마법을 걸었어요.
백 년이 흐르는 동안 성은 가시덤불로 뒤덮이고
산짐승들이 성 앞을 뛰어다녔어요.

어느 날, 이웃 나라 왕자님이 숲에서 길을 헤매다
성을 발견했어요.
"깊은 숲 속에 이렇게 아름다운 성이 있다니!"
왕자님은 성으로 들어갔어요.
그런데 성 안의 모든 사람이 일하던 모습 그대로
잠들어 있는 것이 아니겠어요?
성을 헤매던 왕자님은 탑의 꼭대기까지 올라갔어요.
그곳에는 아름다운 공주님이 잠들어 있었어요.
"정말 아름다운 공주님이구나!"
왕자님은 마법에 걸린 듯 공주님에게 입을 맞추었어요.
그러자 잠자던 공주가 눈을 떴어요.
곧이어 성 안의 모든 사람들도 잠에서 깼어요.
왕자님과 공주님은 성대한 결혼식을 올리고
오래오래 행복하게 살았답니다.

17 헨젤과 그레텔

옛날에 나무꾼이 두 아이와 함께 살고 있었어요.
아들은 헨젤이었고 딸은 그레텔이었어요.
나무꾼은 두 아이를 위해 새엄마를 맞았어요.
하지만 새엄마는 두 아이를 좋아하지 않았어요.
흉년이 들자 먹을 것이 모자라게 되었지요.
어느 날 밤, 두 아이가 잠들었을 거라고 생각한
새엄마는 남편에게 말했어요.
"안 되겠어요. 아이들을 숲에 갖다 버립시다."
헨젤과 그레텔은 몰래 이 말을 엿들었어요.

다음 날, 나무꾼은 아이들을 데리고 깊은 숲 속으로 갔어요.
헨젤은 미리 주머니에 조약돌을 넣어 두었다가
길가에 하나씩 떨어뜨렸어요.
나무꾼은 두 아이에게 잠시 기다리라고 하고는 사라졌어요.
날이 어두워지자 두 아이는 달빛에 빛나는 조약돌을 따라
무사히 집에 돌아왔어요.
아이들이 돌아오자 나무꾼은 기뻐했어요.
하지만 새엄마는 더 깊은 숲에 아이들을 버리라고 했어요.
나무꾼은 두 아이를 데리고 더 깊은 숲으로 향했어요.
헨젤은 가지고 있던 빵을 조금씩 뜯어서 흘렸어요.

깊은 숲에 도착하자
나무꾼은 곧 오겠다며 사라져 버렸어요.
헨젤과 그레텔은 낮에 흘려 놓은
빵조각을 찾았어요.
하지만 새가 쪼아 먹었는지
흔적도 찾을 수 없었어요.

헨젤과 그레텔은 밤새 숲을 헤맸어요.
지쳐 쓰러질 무렵, 둘은 과자로 된 집을 발견했어요.
지붕은 케이크로 덮여 있고, 창문은 설탕으로
되어 있었어요.
헨젤과 그레텔은 너무나 배고파서 집을 떼어 먹었어요.
그때 어디선가 목소리가 들렸어요.
"내 집을 뜯어 먹는 게 누구냐?"
과자로 된 집의 문을 열고 나온 건 할머니였어요.
할머니는 헨젤과 그레텔의 이야기를 듣고는
따뜻하게 말했어요.
"얼마든지 먹고 편히 쉬렴."

사실 이 할머니는 숲에 사는 마녀였어요.
아이들을 과자 집으로 꾀어서 잡아먹는 못된 마녀였지요.
'통통하게 살을 찌워서 잡아먹을 테다!'

헨젤과 그레텔은 아무것도 모른 채
배불리 먹고 잠이 들었어요.
마녀는 잠든 헨젤을 우리에
가두었어요.
그리고 그레텔을 깨워 음식을
만들게 했어요.
헨젤과 그레텔은 그제야 못된
마녀에게 속은 것을
알았어요.

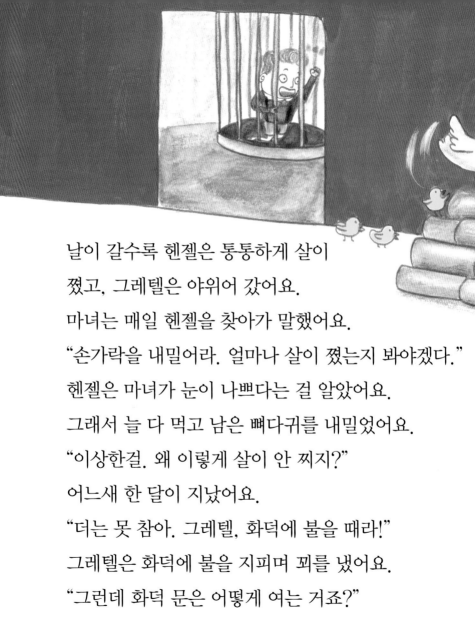

날이 갈수록 헨젤은 통통하게 살이
쪘고, 그레텔은 야위어 갔어요.
마녀는 매일 헨젤을 찾아가 말했어요.
"손가락을 내밀어라. 얼마나 살이 쪘는지 봐야겠다."
헨젤은 마녀가 눈이 나쁘다는 걸 알았어요.
그래서 늘 다 먹고 남은 뼈다귀를 내밀었어요.
"이상한걸. 왜 이렇게 살이 안 찌지?"
어느새 한 달이 지났어요.
"더는 못 참아. 그레텔, 화덕에 불을 때라!"
그레텔은 화덕에 불을 지피며 꾀를 냈어요.
"그런데 화덕 문은 어떻게 여는 거죠?"

마녀가 허리를 굽혀서 화덕 문을 여는 순간,
그레텔은 얼른 마녀를 밀어 넣고 문을 닫아 버렸어요.
못된 마녀는 불에 타 죽어 버렸어요.

헨젤과 그레텔은 마녀가 숨겨 둔 보석과
음식을 가지고 집으로 돌아왔어요.
나무꾼은 고약한 새엄마와 헤어지고,
아이들을 버린 것을 후회하며 슬픔에 잠겨 있었어요.
두 아이가 돌아오자 나무꾼은 눈물을 흘리며
기뻐했어요.
헨젤과 그레텔은 나무꾼
아버지와 함께 오래오래
행복하게 살았답니다.

18 어린 왕자

보아 뱀은 코끼리를 씹지 않고 통째로 삼킨대요.

그리고 삼킨 코끼리를 소화시키느라고

여섯 달 동안이나 잠을 잔대요.

내가 어렸을 때 코끼리를 삼킨 보아 뱀을

그린 적이 있어요.

어른들은 내가 그린 그림을 보고 말했어요.

"모자를 그렸구나."

나는 그때 화가가 되겠다는 꿈을 포기했어요.

나는 커서 비행기 조종사가 되었어요.
어느 날, 사하라 사막을 지나가다
비행기가 고장 나서 사막에 추락하고 말았어요.
나는 사막에서 비행기를 고치다가 잠이 들었어요.

그런데 금빛 머리카락을 한
어린 소년이 나를 깨웠어요.
소년은 나에게 양을 그려 달라고 했어요.
나는 양 대신 작은 상자 하나를 그려 주었어요.
"이 상자 안에 양이 들어 있단다."
소년은 환하게 웃으며 좋아했어요.
나는 소년을 어린 왕자라고
부르기로 했어요.

어린 왕자는 자기보다 조금 큰 작은 별에서
살다 왔대요.
어린 왕자에게는 큰 고민이 있었어요.
왕자가 살던 별에는 바오밥 나무가 많았어요.
왕자는 바오밥 나무가 자라
자기의 작은 별을 다 덮어 버릴까 봐
늘 걱정이었어요.
"그런데 상자에서 나온 양이 내가 사는
별의 풀을 다 먹어치우면 어쩌지?"
어린 왕자는 이제 이렇게 걱정했어요.
나는 그렇게 해서 어린 왕자를
알게 되었어요.

어린 왕자는 그동안 여러 별들을 여행했대요.
허풍쟁이 왕, 술만 먹는 주정뱅이, 돈이 제일이라는
사업가 그리고 지리학자를 만났대요.
지리학자는 어린 왕자에게 우주에서 가장
아름다운 별이 지구라고 알려 주었다고 해요.
그 말을 듣고 어린 왕자는 지구로 왔대요.
어린 왕자는 사막에서 금빛 뱀을 만났대요.
"넌 발이 없어서 멀리 여행할 수 없겠구나."
어린 왕자의 말에 뱀이 대답했대요.
"대신 난 누구든 온 곳으로 되돌려
보낼 수 있단다."
어린 왕자는 뱀과 헤어져 사막을
가로질러 걸었대요.

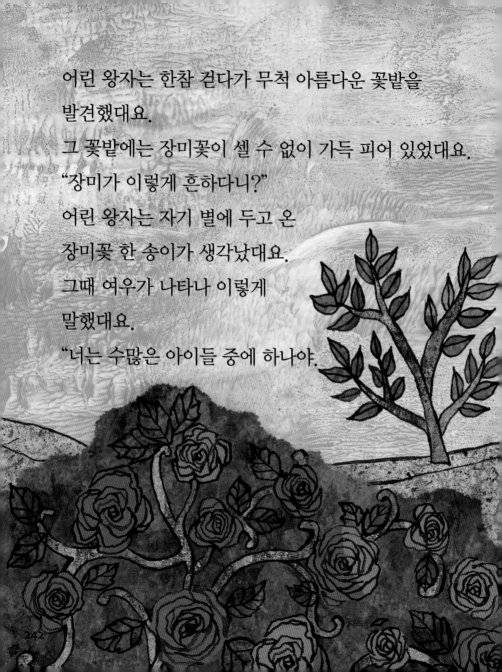

어린 왕자는 한참 걷다가 무척 아름다운 꽃밭을
발견했대요.
그 꽃밭에는 장미꽃이 셀 수 없이 가득 피어 있었대요.
"장미가 이렇게 흔하다니?"
어린 왕자는 자기 별에 두고 온
장미꽃 한 송이가 생각났대요.
그때 여우가 나타나 이렇게
말했대요.
"너는 수많은 아이들 중에 하나야.

그러나 나와 친구가 되면 그때부터 너는
나에게 아주 특별한 아이가 되지."
그리고 또 이런 말도 했대요.
"모든 것은 마음으로 봐야 해. 아주
소중한 것은 마음으로 봐야 보이거든."

나는 어린 왕자의 이야기를 듣다 보니 목이 말랐어요.

우리는 물을 찾기 위해 돌아다녔어요.

"사막이 아름다운 것은 어딘가에 우물이 있기 때문이야."

어린 왕자가 밤하늘의 별을 바라보며 말했어요.

우리는 우물을 찾았어요.

힘겹게 찾은 우물의 물은 정말 시원하고 달았어요.

얼마 뒤 나는 비행기를 다 고쳤어요.
그와 동시에 어린 왕자가 내게 말했어요.
"나도 이제 내 별로 돌아가야 해.
내가 돌아오기를 기다리는 장미꽃이 있거든.
나는 그 꽃을 책임져야 해."
나는 어린 왕자와 헤어지기 싫었어요.
"이별은 슬픈 일이야. 그러나 시간이 지나면
그 슬픔이 아름다운 추억이 될 거야."
노란 빛이 어린 왕자의 발목에서 번쩍이는가 싶더니
어린 왕자는 모래 위로 쓰러졌어요.
모래 위에서는 작은 소리조차 들리지 않았어요.

어린 왕자와 헤어지고 많은 시간이 흘렀어요.

지금도 밤하늘의 별을 올려다볼 때면

어린 왕자와 지낸 사막에서의 날들이 생각난답니다.

혹시 어디선가 황금빛 머리칼을 가진
어린 사내아이를 본다면
나에게 편지를 보내 주세요.
어린 왕자가 지구로 돌아왔다고 말이에요.

19 브레멘의 음악대

옛날에 한 농부가 당나귀 한 마리를 길렀어요.
당나귀는 매일매일 무거운 짐을 나르거나
농부의 가족을 태우고 마을에 다녀왔어요.
당나귀가 늙어서 일을 하지 못하게 되자
농부는 당나귀를 쫓아내기로 마음먹었어요.
농부의 생각을 눈치 챈 당나귀는 도망쳤어요.

그리고 유명한 도시인 브레멘으로 가서
음악가가 되기로 마음먹었어요.

당나귀는 브레멘으로 가는 길에 개를 만났어요.
개가 당나귀에게 말했어요.
"내 주인이 늙은 개는 사냥을 못 하니
 쓸모가 없다며 날 버렸어. 멍멍!"
 "히히힝! 나도 주인에게 버림받았어.
 나랑 같이 브레멘으로 가지 않을래?"
 당나귀와 개는 브레멘을 향해 떠났어요.

나가

길을 가던 두 친구는 고양이를 만났어요.
"야옹! 내가 늙어서 쥐를 잡지 못한다며
쓸모없다고 주인이 날 버렸어."
고양이도 두 친구를 따라 브레멘으로 가기로
결심했어요.
당나귀와 개와 고양이는 브레멘을 향해 함께
떠났어요.

255

길을 가던 세 친구는 수탉을 만났어요.
"꼬끼오! 내 주인이 오늘 저녁에 날 닭고기 수프로
만들겠다고 했어. 그래서 도망쳤지."
수탉도 세 친구와 같이 가겠다고 했어요.
당나귀와 개와 고양이와 수탉은 브레멘을
향해 떠났어요.

257

날이 어두워지자 네 친구는
숲 속에서 자기로 했어요.
당나귀와 개는 나무 아래에 편히 앉았어요.
고양이와 수탉은 나무 위로 올라갔지요.
주위를 살피던 수탉이 말했어요.
"저기 불빛이 보여!"

네 친구는 불빛이 있는 곳으로 가 보았어요.
그곳은 도둑들이 모여 있는 집이었어요.
도둑들은 식탁에 음식을 잔뜩 차려 놓고
신 나게 먹고 있었어요.
그때 한 도둑이 창문 밖에 비친 그림자를 보고
비명을 질렀어요.
"으악! 괴물이다!"
도둑들은 놀라서 달아나 버렸어요.
그 그림자는 사실 당나귀와 개와 고양이와 수탉의
그림자였어요.

네 친구는 집으로 들어가 음식을 실컷 먹었어요.
다 먹고 난 뒤 당나귀는 짚더미가 있는 마당으로 나갔어요.
개는 문 앞의 깔개에 누웠어요. 고양이는 온기가
남아 있는 난롯가에 몸을 웅크렸어요.
수탉은 높은 천장 한쪽에 앉았어요.
긴 여행에 지친 네 친구는 금방
깊은 잠이 들었어요.

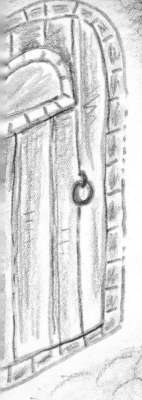

얼마 뒤 달아났던 도둑들이
집으로 돌아왔어요.
"아까는 놀라서 도망쳤지만,
이번엔 어림없다."
도둑들은 살금살금 집 안으로
들어왔어요.

그러자 고양이가 날카로운
발톱으로 도둑을 할퀴었어요.
개는 사납게 짖으며 도둑의
다리를 콱 물었어요.
수탉도 도둑의 머리를
쪼아 대며 큰 소리로
울었어요.

도둑들은 깜짝 놀라서 집 밖으로 도망쳐 나왔어요.
마당에 있던 당나귀는 뒷발로 도둑들을 뻥뻥 차서
쫓아 버렸어요.

당나귀와 개와 고양이와 수탉은
새 보금자리가 마음에 들었어요.
그래서 브레멘에 가지 않고
그 집에서 오래오래 행복하게 살았답니다.

20 피터 팬

어느 날, 환상의 섬 네버랜드에 사는 피터 팬이
웬디의 집에 찾아왔어요.
"안녕? 나는 피터 팬이야. 나와 함께 환상의
섬 네버랜드로 갈래?"
"가고는 싶지만 우리는 하늘을 날 수 없는걸."
웬디와 동생들이 말했어요.
"요술 가루를 뿌리면 돼."
요정 팅커벨이 요술 가루를 뿌리자,
웬디와 동생들은 공중으로 붕 떠올랐어요.

"와! 우리가 하늘을 날고 있어!"

웬디와 동생들은 피터 팬이 사는 네버랜드로 날아갔어요.

피터 팬과 아이들이 네버랜드로 오자,
악당 후크 선장이 대포를 쏘아 댔어요.
"팅커벨, 웬디와 동생들을 데리고 숲 속으로 도망가."
피터 팬은 아이들을 지키기 위해
무서운 후크 선장과 맞서 싸웠어요.
그 모습을 보자 팅거벨은 질투가 났어요.
'흥, 웬디를 지키려고 위험을 무릅쓰고 싸운단 말이지?'
팅커벨은 숲 속으로 날아가 피터 팬과 함께 사는
아이들에게 거짓말을 했어요.
"얘들아, 피터 팬이 데리고 온 웬디와 동생들은
아주 나쁜 아이들이란다."

웬디와 동생들이 숲 속으로 찾아오자
아이들은 열매를 따서 마구 던졌어요.
"오지 마! 빨리 돌아가. 너희는 나쁜 아이들이야."
그때 피터 팬이 나타났어요.
"웬디와 이 아이들은 우리 친구야. 그러지 마!"
피터 팬이 웬디를 감싸자, 팅커벨은 웬디가
더 싫어졌어요.

273

한편 후크 선장은 피터 팬을 혼내 주고 싶었어요.
그래서 인디언 추장의 딸 릴리에 대한
거짓 소문을 냈어요.
"피터 팬이 릴리를 잡아갔다!"
이 소문을 들은 추장은 화가 나서 웬디와 아이들을
잡아다가 가두어 버렸어요.
그런데 잡혀간 줄 알았던 릴리가 피터 팬과 함께
나타났어요.
"아빠, 후크 선장이 나를 잡아 가두었는데,
피터 팬이 구해 주었어요."
추장은 피터 팬과 아이들에게 사과하고
멋진 잔치를 베풀어 주었어요.

웬디를 골탕먹이고 싶었던 팅커벨은
후크 선장을 찾아갔어요.
"웬디와 동생들이 있는 곳을 알고 있어요.
그 애들을 잡아가요."
"그래, 좋다. 우선 너부터 잡아 가두어야겠구나."
후크 선장은 팅커벨을 잡아 가두어 버렸어요.
그리고 웬디와 동생들도 잡아왔어요.
후크 선장이 아이들에게 말했어요.
"내 부하가 되겠다면 살려 주겠지만
그렇지 않으면 모두 바다에 던져 악어 밥을 만들겠다!"
이 말을 들은 아이들은 무서워서 벌벌 떨었어요.

그때 웬디가 용감하게 소리쳤어요.

"싫어요. 우리는 나쁜 악당의 부하가 되지 않을 거예요!"

"내가 나쁜 악당이라고? 이런 괘씸한 녀석!

가장 먼저 너부터 바다에 빠뜨리겠다."

후크 선장은 웬디를 바다에
빠뜨려 버렸어요.
"안 돼!"
아이들이 깜짝 놀라 소리쳤어요.
팅커벨은 비로소 자기가
잘못했다는 것을 깨달았어요.

팅커벨은 감옥을 빠져나와 피터 팬에게 날아갔어요.

"피터 팬, 웬디가 위험에 처했어. 빨리 구해야 해."

피터 팬은 재빨리 날아가 후크 선장을 물리치고

웬디와 아이들을 구했어요.

웬디가 기뻐하며 말했어요.

"네가 꼭 우리를 구하러 올 줄 알았어!"

피터 팬이 씩 웃으며 아쉽다는 듯 말했어요.

"웬디, 그동안 즐거웠어. 하지만 이제 동생들을 데리고
집으로 돌아갈 때가 된 것 같아."

팅커벨이 후크 선장의 배에 요술 가루를 뿌리자,
배가 바다 위로 둥실 떠올랐어요.
"안녕! 피터 팬, 잘 있어.
안녕! 팅커벨, 모두 잘 있어."
웬디와 동생들은 배를 타고
그리운 고향 집으로 돌아갔어요.

이상한 나라의 앨리스

앨리스는 나무 아래에서 책을 읽는 언니 옆에
앉아 있었어요.
그때 흰토끼 한 마리가 나타나더니 중얼거렸어요.
"그림도 없는 책을 무슨 재미로 본담?
어, 이런! 너무 늦었는걸!"
흰토끼는 조끼 주머니에서 시계를 꺼내 보더니
어디로인가 허둥지둥 달려갔어요.
앨리스는 흰토끼를 따라갔지요.
흰토끼는 들판을 가로질러 가더니 어떤 굴로 쏙 들어갔어요.
앨리스도 따라 들어갔어요.

흰토끼가 들어간 굴은 무척 깊었어요.

앨리스는 한참을 아래로 떨어진 끝에 폭신한

마른 풀더미 위로 '쿵' 하고 엉덩방아를 찧었어요.

"흰토끼야, 기다려!"

앨리스가 따라온 줄 몰랐던 흰토끼는 깜짝 놀라더니,

아주 작은 문으로 쏙 들어가 버렸어요.

장갑과 부채도 떨어뜨린 채 말이에요.

앨리스는 문이 너무 작아서 들어갈 수

없었어요.

앨리스는 흰토끼가 떨어뜨린 장갑과

부채를 집어 들었어요.

"집으로 돌아가고 싶어!"

겁이 난 앨리스는 훌쩍훌쩍

울기 시작했어요.

그런데 이상하게도 앨리스의 몸이 점점 작아졌어요.
바로 흰토끼가 떨어뜨린 부채 때문이었어요.
앨리스는 깜짝 놀라 부채를 멀리 던져 버렸어요.
"앗, 차가워!"
앨리스는 발이 미끄러지는 바람에 연못에 빠졌어요.
그 연못은 앨리스가 흘린 눈물이 고인 것이었어요.
앨리스는 겨우 물가로 헤엄쳐 나왔어요.
물가에서 놀고 있던 오리, 거위, 도도새 그리고
생쥐가 앨리스에게 인사를 했어요.
"아가씨, 옷을 말리려면 우리랑 같이 달리기 시합해요!"

모두들 물가를
빙글빙글 돌기 시작했어요.
"이제 그만! 그런데 누가 일등이지?"
도도새의 말에 다른 동물들이
대답했어요.
"우리 모두가
일등이야!"

"당장 내 장갑과 부채를 가지고 와!"
어디선가 나타난 흰토끼가 앨리스를 보고 크게
소리쳤어요.
앨리스는 흰토끼가 부르는 쪽으로 허둥지둥 달려갔어요.
거기에는 조그만 집이 있었어요.
집 안으로 들어간 앨리스는 작은 병을 하나 발견했어요.
병에는 '나를 마셔요'라고 적혀 있었어요.
"또 이상한 일이 생길까?"

병에 든 물을 마시자 앨리스의 몸이 갑자기
커졌어요.
고개를 숙이지 않으면 머리가 천장에 닿을
정도였어요.
앨리스는 자꾸만 커졌어요.

앨리스가 창밖을 내다보니 흰토끼가
많은 동물과 함께 와 있었어요.
"저 괴물을 잡아라!"
흰토끼가 커진 엘리스를 가리키자 동물들이 일제히
돌멩이를 던졌어요. 그랬더니 놀랍게도 날아오던
돌멩이들이 모두 과자로 변하지 뭐예요?
앨리스는 과자를 집어 먹었어요.
과자를 먹자 앨리스의 몸은 아주 작아져 버렸어요.
조그만 벌레처럼 말이에요.

앨리스가 밖으로 나가 보니 버섯 위에
배추벌레 한 마리가 있었어요.
"배추벌레야, 어떻게 하면 본래 내 모습으로
돌아갈 수 있을까?"
"버섯을 먹어 봐. 한쪽을 먹으면 커지고
다른 한쪽을 먹으면 작아질 거야."
배추벌레 말대로 버섯을 먹었더니
앨리스의 목이 기린처럼 길어졌어요.
그때 날아가던 비둘기가 앨리스를
콕콕 쪼아 대려고 했어요.

"알을 훔쳐 먹으려고 왔지? 이 못된 뱀아!"

"나는 뱀이 아니에요. 여자아이라고요."

앨리스는 버섯을 한 입 더 먹었어요.

그랬더니 몸이 원래대로 돌아왔어요.

길을 따라가던 앨리스는 나무 위에 앉은 체셔 고양이를

만났어요.

"고양이님, 흰토끼가 어디로 갔는지 아세요?"

"모자 장수를 찾아가 봐."

모자 장수를 찾아가던 앨리스는 장미 나무가
가득한 정원을 지나게 되었어요.
정원에서는 정원사들이 흰 장미에 빨간
페인트를 칠하고 있었어요.
"왜 흰 장미에다 빨간 페인트를 칠하세요?"
"우리가 실수로 흰 장미를 심고 말았거든요.

여왕님께 들키면 목이 잘릴 거예요."
그때 여왕이 나타났어요.
여왕은 아직 칠하지 못한 흰 장미를 보고 소리쳤어요.
"당장 이놈들의 목을 베어라!"
앨리스는 재빨리 정원사들을
항아리 속에 숨겼어요.
여왕의 병정들은 그냥 돌아갔어요.

"여왕님, 혹시 저희 집으로 돌아가는 길을 아시나요?"
앨리스가 여왕에게 물었어요.
"나하고 크로케 시합을 해서 이기면 가르쳐 주지."
앨리스는 홍학을 방망이로 삼아 고슴도치 공을

힘껏 쳤어요.

하지만 헛치고 말았지요.

앨리스가 쩔쩔매는 모습을 본 여왕은 기분이 좋아져서

말했어요.

"집으로 가는 길은 가짜 바다거북이 알고 있다."

앨리스는 거북을 만나서 지금까지 겪은 이상한 일들을

들려주었어요.

그때 멀리서 누군가 외쳤어요.

"이제부터 재판을 시작한다!"

앨리스가 달려가 보니 여왕과 병정들, 흰토끼,

동물들이 모두 모여 있었어요.

흰토끼는 죄의 내용이 적힌 두루마리를 펼쳐서 읽었어요.

"하트의 하인이 여왕님의 과일 파이를 훔쳤습니다."

첫 번째 증인은 모자 장수였어요.

"여왕님, 저는 기억나는 것이 없습니다."

"저놈의 목을 베어라!"

모자 장수는 카드 병정들을 피해 재빨리 도망쳤어요.

앨리스도 증인으로 불려 나왔어요.

"이 재판은 말도 안 돼요!"

"조용히 해라!"

여왕이 화가 나서 소리쳤어요.

"싫어요!"

앨리스도 지지 않고 맞섰어요.

301

여왕과 말다툼을 하는 사이에 앨리스의 몸이
점점 커졌어요.
"저 커다란 괴물의 목을 베어라!"
여왕의 말에 병정들이 앨리스를 공격했어요.
"저리 가! 그만두란 말이야!"
앨리스가 병정들을 손으로 탁탁 쳐서 밀어 냈어요.
"너희는 카드일 뿐이야. 하나도 겁나지 않아!"
　　　　카드 병정들은 한꺼번에 하늘로
　　　　　　날아오르더니 앨리스에게
　　　　　　　　달려들었어요.

"앨리스, 앨리스. 그만 일어나!"
눈을 떠 보니 언니가 깨우고 있었어요.
앨리스는 언니의 무릎을 베고 잠이 들었던 거예요.
앨리스의 머리 위로 나뭇잎이 떨어지고 있었어요.
마치 앨리스에게 덤벼들던 카드 병정들처럼
말이에요.
엘리스는 이상한 나라에 갔다 온
꿈을 꾼 것이었답니다.

22 마녀의 빵

어느 마을의 길모퉁이에 작은 빵집이 있었어요.
수수한 마서가 꾸려 가는 빵집이었어요.
마서는 친절했고 동정심이 많았지요.
어느 날, 일주일에 두세 번씩 묵은 빵을 사 가는 손님이
마서의 눈에 띄었어요.
그 손님은 갓 구운 빵은 한 번도 사 간 적이 없었어요.
손님의 손가락에는 물감이 흐릿하게 묻어 있었지요.
마서는 안타깝게 생각했어요.
'저 손님은 가난한 화가로구나. 한 번도 맛있는
고기나 잼이 든 빵은 사 가질 않으니…….'
마서는 그 손님이 화가가 맞는지 알아보려고
그림 한 점을 벽에 걸어 두었어요.

마침내 그 손님이 빵집에 왔어요.

"묵은 빵 두 덩어리만 주세요."

마서가 빵을 담는 동안 손님은 그림을 쳐다보며 말했어요.

"괜찮은 그림이네요. 빵집에선 그림을 보기 힘든데."

마서는 손님에게 잘 보이고 싶었어요.

"제가 그림을 참 좋아하거든요."

그러자 손님이 이야기했어요.

"그런데 그림에 약간 잘못된 곳이 있군요. 건물 부분이
조금 이상해요."

손님은 빵을 받아 들고 나갔어요.

마서는 손님과 조금 친해진 것 같아 즐거웠어요.

그리고 손님은 화가가 틀림없다고 생각했어요.

그렇지 않고서야 그림에 이렇게 관심이
많을 리가 없으니까요.

그 뒤로 손님은 빵집에 올 때마다 마서와
한두 마디씩 이야기를 나누다 가곤 했어요.
마서는 그 손님에게 예쁘게 보이고 싶었어요.
그래서 어느 날, 화려한 원피스를 차려입고
가게로 나갔어요.
다른 날과 마찬가지로 손님은 묵은 빵을 달라고 했어요.
묵은 빵을 자르던 마서의 눈에 신선한 버터가 보였어요.
'아, 묵은 빵 속에 부드러운 버터를 발라 줘야지.
그럼 빵이 훨씬 더 맛있을 거야. 아마 내게 무척
고마워하겠지?'
마서는 즐거운 상상을 하며 버터를 넣은 빵을
손님에게 건넸어요.

잠시 뒤 그 손님과 친구로 보이는 남자 한 명이
빵집 문을 요란하게 열며 들이닥쳤어요.
손님은 마서에게 고맙다는 말은커녕 마구 화를 냈어요.
"이 바보야! 당신 때문에 난 망했어! 망했다고!"
한참 동안 화를 내던 손님은 거칠게 문을 닫고
나가 버렸어요.
마서는 놀라서 벌벌 떨다가 입을 열었어요.
"도대체 저분이 왜 저렇게 화를 내는 거죠?
제가 뭘 잘못했나요?"

313

그 손님과 함께 온 남자가 입을 열었어요.

"저 친구는 건축 설계사입니다.

몇 달간 열심히 설계도를 그려 왔지요.

아시는지 모르겠지만 설계도의 연필 자국을

지울 때 묵은 빵으로 지웁니다.

그런데 마지막 작업을 할 때 빵에 들어 있던

버터 때문에 설계도를 완전히 망쳐 버렸어요.

소란을 피워 죄송하지만, 이해해 주십시오."

말을 마치고 남자는 빵집을 떠났어요.

마서는 조용히 가게의 뒷방으로 들어갔어요.

화려한 원피스를 입은 모습이 우스꽝스러워 보였어요.

마서는 원피스를 벗어서 쓰레기통에 버리고

다시 수수한 옷으로 갈아입었어요.

23 베니스의 상인

안토니오는 베니스의 외국인들과 장사를 하는
장사꾼이었어요.
어느 날, 안토니오가 친구 그레시아노에게 말했어요.
"전 재산을 털어 산 향료를 배 네 척에 실어 보냈다네.
만약 일이 잘못되면 나는 끝장이야."
그때 바사니오라는 친구가 안토니오를 찾아왔어요.
"사랑하는 포샤에게 드디어 청혼하기로 결심했네.
그녀가 있는 곳으로 가려면 돈이 필요하니,
좀 빌려 주게."
하지만 안토니오는 돈이 한 푼도 없었어요.
안토니오와 바사니오는 유대인
고리 대금업자 샤일록을 찾아갔어요.

바사니오가 샤일록에게 말했어요.

"내 친구인 안토니오가 보증을 서 줄 거요.

그러니 세 달만 돈을 빌려 주시오."

샤일록은 평소에 돈만 밝힌다며 자신을 무시하던

안토니오를 혼내 줄 좋은 기회가 왔다고 생각했어요.

"돈은 빌려 주겠소. 하지만 약속한 날짜에 돈을 갚지

못하면 안토니오의 가슴살 1파운드를 베어 내겠소."

안토니오는 자신만만하게 승낙했어요.

"두 달 뒤 내 재산은 아홉 배로

불어날 테니 문제없소."

한편, 포샤는 청혼하는 많은 남자들로
골치가 아팠어요. 그녀는 아름답고 현명한 데다
재산도 많았거든요.
하지만 포샤는 오직 바사니오만 사랑했어요.
며칠 뒤 바사니오가 찾아와 청혼하자,
포샤는 바사니오에게 반지를 주며 말했어요.
"이 반지는 우리 사랑의 증표예요. 그러니
절대로 잃어버리거나 남에게 주면 안 돼요."
그때 안토니오의 배가 가라앉았다는 소식이
들려왔어요.
바사니오는 자신 때문에 죽을 위기에
놓인 안토니오의 이야기를 포샤에게
털어놓았어요. 그러고는 그길로
베니스로 돌아갔어요.

321

안토니오는 샤일록을 만나 사정을 말했어요.
하지만 샤일록은 들은 척도 하지 않았어요.
샤일록은 안토니오를 고소했고, 결국 재판이
열렸어요. 샤일록은 법정에서 큰 소리로 외쳤어요.
"안토니오가 얼마를 준다고 해도 싫소!
나는 무조건 계약서대로 할 것이오!"
샤일록은 바닥에 앉아 칼을 갈기 시작했어요.

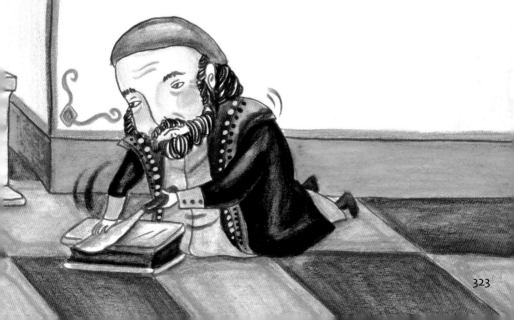

그때 밸서자 박사가 들어와 판결을 내렸어요.

"피고의 사정은 딱하나, 법은 어떤 경우에도
공정하게 적용되어야 합니다."

샤일록이 박수를 치며 말했어요.

"참으로 훌륭한 재판관이십니다!"

밸서자 박사가 샤일록에게 말했어요.

"꾸어 준 돈의 세 배를 받고 이 계약서를 찢는 건
어떻겠소?"

샤일록은 고개를 저으며 칼을 집어 들었어요.

그때 밸서자 박사가 말했어요.

"계약서에는 살만 도려내게 되어 있소. 만일 피를
한 방울이라도 흘리면 당신의 토지와 재산은 모두
나라에 빼앗기게 될 거요."

살을 베는 데 피를 흘리지 않을 수 있을까요?
샤일록은 포기할 수밖에 없었어요.

안토니오와 바사니오는 밸서자 박사를
따라가서 인사를 했어요.
바사니오가 말했어요.
"박사님 덕분에 친구가 목숨을 건졌습니다.
어떻게 감사를 드려야 할지 모르겠네요."
그러자 밸서자 박사가 바사니오의 반지를
가리키며 말했어요.
"정 그러시면 그 반지를 제게 주십시오."
바사니오가 망설이자 안토니오가
서운해하며 말했어요.
"내 목숨을 구해 준 분일세. 그 반지가
그리 아까운가?"
바사니오는 결국 반지를 빼서
밸서자 박사에게 주었어요.

일이 끝난 뒤 안토니오와 바사니오는 포샤와
만났어요. 포샤가 바사니오의 손에 반지가 없는 것을
보고 말했어요.
"반지를 찾아오지 않으면 당신을 보지 않겠어요!"
　　　안토니오는 미안한 표정으로 말했어요.
　　"다 저 때문입니다. 부디 용서해 주십시오."
　그러자 포샤가 반지를 꺼내며 말했어요.
"사실 밸서자 박사는 저였어요. 그리고 안토니오의
배는 지금 물건을 잔뜩 싣고 무사히 베니스 항에
도착해 있답니다."
세 사람은 서로 끌어안고 기쁨을 나누었어요.

24 나무를 심은 사람

내가 낯선 곳을 여행했을 때의 일이에요.
나는 높은 산속의 버려진 마을에 도착했어요.
그곳에는 허물어진 집과 거친 바람, 따가운 햇볕만
가득했고, 쉴 곳도 없고 우물물도 말라 있었어요.

다시 한참을 걸었지만 황무지만 계속될 뿐이었어요.

그때 나는 양 치는 할아버지를 만났어요.

할아버지는 지친 나를 집에 데려가서 쉬게 해 주었어요.

할아버지가 사는 마을의 사람들은 숯을 팔아서
먹고살았어요. 가난한 마을이었지요.
그 마을 사람들은 매일 서로 싸웠고,
마을을 떠나고 싶어 했어요.
밤이 되자 할아버지는 도토리를 골라 모아 두고
잠들었어요.
다음 날 아침 일찍 할아버지는 양을 치러 길을 나섰어요.
할아버지는 쇠막대기로 땅에 구멍을 파고는
전날 밤에 골라 둔 도토리를 하나씩 심으며 길을 갔어요.
나는 할아버지께 물었어요.
"할아버지, 이 넓은 땅이 모두 할아버지 것인가요?"
그러자 할아버지가 대답했어요.
"아니, 내 땅이 아니야. 누구 땅인지도 몰라."

할아버지는 3년이 넘도록 황무지에
도토리를 심어 왔다고 하셨어요.
그동안 심은 도토리만 해도 10만 개가 넘는데,
2만 개만 싹을 틔웠다고 해요.
그 가운데 싹 1만 개는 산짐승이 먹어 버렸다고 하니,
1만 그루의 나무가 자란 셈이지요.

옛날에는 할아버지에게도 가족이 있었어요.
그런데 하나뿐인 아들과 아내가 죽자,
할아버지는 홀로 산속에서 살았어요.
그러다가 이 황무지에 나무를 심기 시작한 거예요.
무엇인가 이 세상에 좋은 일을 하고 싶었기
때문이었지요.

그 뒤로 오랜 세월이 흘렀고, 나는 전쟁을 겪는 동안
할아버지와의 일을 까맣게 잊어 버렸어요.
그러다가 우연히 그 산을 지나게 되었는데
문득 할아버지가 그리워졌어요.
정말 도토리 1만 개가 싹을 틔웠다면
참 멋지겠다고 생각했지요.
하지만 진지하게 생각한 건 아니었어요.
그저 피식 웃고 말았지요.
산속 버려진 마을에 도착했을 때
저 멀리 구름처럼 펼쳐진 숲이 보였어요.

떡갈나무 숲이었어요.
도토리 싹이 자라 떡갈나무 숲을
이룬 거예요.

나는 할아버지가 살던 집으로 달려갔어요.
할아버지가 이미 돌아가신 건 아닐까
하는 생각에 조바심이 났어요.
할아버지는 그대로였어요.
바뀐 게 있다면 예전에는 양을 길렀지만
이젠 꿀벌을 치고 계셨지요.
양들이 자꾸 나무의 묘목을 뜯어 먹었기 때문이에요.
10년 전에 할아버지가 심었던 도토리들은
내 키보다 더 크게 자라서 숲이 되어 물결쳤어요.

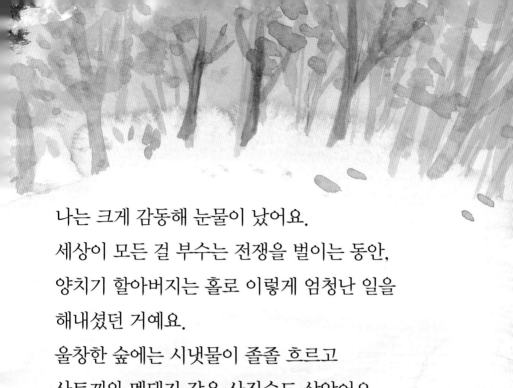

나는 크게 감동해 눈물이 났어요.

세상이 모든 걸 부수는 전쟁을 벌이는 동안,

양치기 할아버지는 홀로 이렇게 엄청난 일을

해내셨던 거예요.

울창한 숲에는 시냇물이 졸졸 흐르고

산토끼와 멧돼지 같은 산짐승도 살았어요.

황무지는 이제 낙원이 되어 있었어요.

어느 날부터 사람들은 떡갈나무 숲에 하나 둘
모여들더니 집을 짓고 밭을 갈았어요.
산속 버려진 마을에도 사람들이 모여들었어요.
하지만 할아버지가 이 숲을 만들었다는 건 아무도
몰랐어요.
그저 어쩌다가 생긴 숲이라고 생각했지요.
세월이 흘러 할아버지는 점점 더 나이를 먹었지만,
나무 심는 일을 쉬지 않았어요.
마을 사람들은 누가 숲을 만들었는지 여전히
궁금해하지 않았지요.

343

여러분, 양치기 할아버지 한 사람이 황무지를
낙원으로 바꾸었다는 사실을 잊지 마세요.
할아버지는 그 어떤 보상도 바라지 않았어요.
그런데도 할아버지는 우리가 사는 세상에
귀한 흔적을 남기셨지요.

아, 양치기 할아버지는 오래오래 사셨고,
어느 양로원에서 편안히 눈을 감으셨답니다.

25 장 발장

프랑스의 작은 마을에 허름한 차림의 남자가 나타났어요.
남자의 이름은 장 발장이었어요.
장 발장은 배고픈 조카들에게 주려고 빵을 훔치다가
붙잡혀 감옥에 갇혔지요.
조카들이 굶어 죽을까 봐 탈옥했다가 번번이 실패하는
바람에 19년이나 옥살이를 해야 했어요.
장 발장은 교회 옆 작은 이층집의 문을 두드렸어요.
그러자 신부님이 나와 장 발장을 따뜻하게 맞아 주었어요.
"어서 들어오세요, 내 형제여."
신부님은 장 발장에게 따뜻한 음식과 잘 곳을 마련해
주었어요.

그러자 신부님은 고개를 저으며 말했어요.
"아닙니다. 이건 제가 준 겁니다.
아, 그리고 이걸 놓고 가셨더군요."
신부님은 장 발장에게 은촛대를 내밀며 속삭였어요.
"앞으로 새 사람이 되어 살아가세요."
장 발장은 신부님의 집을 떠나며 눈물을 흘렸어요.
그 뒤로 장 발장의 모습을 본 사람은 없었어요.

파리 근교 몽트레유에 마들렌이라는 사람이 살았어요.
마들렌은 큰 공장의 주인이었는데,
옛날에 장 발장이라고 불리던 사람이었어요.
마들렌은 가난한 사람들에게 일자리를 주었고,
번 돈의 대부분을 가난한 사람들을 위해 썼어요.
마을 사람들은 마들렌을 존경했고, 그를 마을의
시장으로 뽑았어요.
마들렌은 포슐방이라는 사람이 마차에 깔리는 사고를
당하자 몸을 아끼지 않고 구해 냈어요.
또 다리를 다친 포슐방을 수녀원의 정원사로
일할 수 있게 해 주었어요.
마을 사람들은 마들렌을 더욱 존경했어요.
하지만 자베르 형사만은 달랐어요.
마들렌이 어떤 죄수와 닮았기 때문이었지요.
자베르 형사는 조용히 뒷조사를 시작했어요.

351

한편, 팡틴이란 여인이 일자리를 찾아
몽트레유에 왔어요.
팡틴은 시골의 여관에 딸 코제트를 맡기고
마들렌의 공장에서 일을 했어요.
번 돈은 대부분 여관 주인 부부에게 보내야 했지요.
사실 그 부부는 욕심쟁이였어요.

코제트를 잘 돌보기는커녕 마구 부려먹었지요.
그런데 어느 날, 마들렌의 공장 직원들이
팡틴을 수상하다며 공장에서 쫓아냈어요.
팡틴은 여관 부부에게 보낼 돈을 마련하기 위해
닥치는 대로 일을 했어요.
머리카락을 잘라서 팔고 마침내 병까지 든 팡틴은
점점 초라해졌어요.

거리를 순찰하던 자베르 형사는 초라한 팡틴을
보고는 수상하다며 끌고 가려고 했어요.
그 모습을 본 마들렌이 자베르 형사를 말렸어요.
"그녀는 죄가 없습니다. 놓아 주세요."
하지만 팡틴은 자신을 구해 준 마들렌에게 오히려
화를 냈어요.
"내가 이렇게 된 건 이유 없이 날 공장에서 내쫓은
당신 탓이에요! 내 딸 코제트와 헤어진 것도요!"
팡틴에게 사정을 전해들은 마들렌이 말했어요.
"정말 미안해요. 내가 대신 빚을 갚아 주고
코제트도 데려다 주겠소."
아픈 팡틴은 기뻐할 새도 없이 정신을 잃고 쓰러졌어요.
마들렌이 팡틴을 병원에 데려갔지만,
병이 깊었던 팡틴은 곧 죽고 말았어요.

한편, 자베르 형사가 마들렌을 찾아왔어요.
"시장님, 사과드릴 게 있습니다."
"사과라니요?"
"그동안 저는 시장님을 흉악범인 장 발장이라고
의심했습니다. 그런데 오늘 진짜 장 발장이 잡혔습니다.
정말 죄송합니다."
자베르 형사는 깊이 고개 숙여 인사하고 떠났어요.
마들렌은 충격에 몸이 굳었어요.

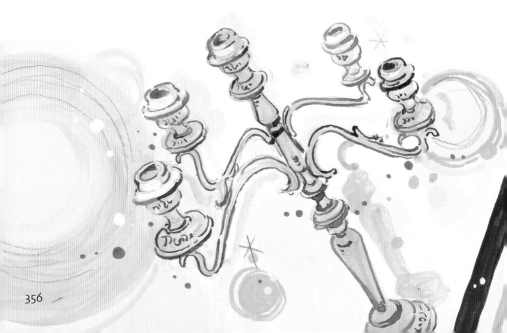

그리고 은촛대를 바라보며 생각했어요.
'장 발장은 바로 나야. 가서 사실을 말해야 해.'
마들렌은 재판장으로 달려갔어요.
"내가 진짜 장 발장입니다. 나를 가두고 저 사람은
풀어 주십시오."
누명을 쓴 남자는 풀려났고, 장 발장은 감옥에
갇혔어요.

장 발장은 팡틴의 딸인 코제트를 돌보기로
한 약속을 잊지 않았어요.
그래서 탈옥한 뒤 코제트가 있는 여관으로 갔어요.
여관에서는 작고 마른 여자아이가 쉴 틈 없이 일하고
있었어요.
장 발장은 여관 주인 부부가 원하는 대로 돈을 주고
코제트를 데리고 떠났어요.
장 발장은 코제트를 파리로 데려갔어요.
그리고 한적한 곳에 작은 집을 마련해서 친딸처럼
키웠어요.
코제트도 장 발장을 아버지라고 부르며 따랐어요.
그러나 행복한 시간은 잠시뿐이었어요.
자베르 형사가 어느새 또 쫓아온 것이었지요.

장 발장과 코제트가 자베르 형사를 피해 달아나다가
막다른 골목에 이르렀을 때였어요.
누군가 문 밖으로 나오더니 장 발장에게 속삭였어요.
"마들렌 씨! 접니다, 포슐방!"
장 발장과 코제트는 포슐방의 도움으로
수녀원에서 숨어 지내게 되었어요.
장 발장과 코제트는 종종 공원에 산책을 나갔어요.
마리우스라는 청년이 공원에서 코제트를 보고는
사랑에 빠졌지요.
그러던 어느 날, 자베르 형사가 뒤를 쫓아 나타났어요.
장 발장과 코제트는 다시 달아날 수밖에 없었어요.
사정을 모르는 마리우스는 코제트가 갑자기 사라지자
서운한 마음뿐이었어요.

한편, 프랑스 파리에서는 젊은 혁명 당원들이
정부군과 맞서고 있었어요.
마리우스도 친구들을 따라 함께 싸우다가
정부군이 쏜 총을 맞고 쓰러졌어요.
그때 장 발장이 마리우스를 찾아왔어요.
코제트가 사랑하는 사람인 마리우스를 구하기
위해서였어요.
장 발장은 온갖 고생 끝에 마리우스를
집에 무사히 데려다 주었어요.
그리고 혁명 당원들에게 포로로 잡혀 있던
자베르 형사도 구해 주었어요.

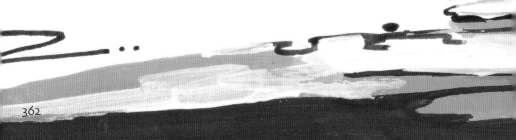

잠시 뒤 자베르 형사가 장 발장을 다시 쫓아왔어요.
장 발장이 말했어요.

"잠시만 시간을 주십시오. 집의 물건을 정리하고
같이 경찰서로 갑시다."

하지만 자베르 형사는 더 이상 장 발장을 체포할
생각이 없었어요.

'내가 잡으려던 흉악한 탈옥수 장 발장은
평생 자신을 뒤쫓던 날 살려 주었어.
법을 지키는 사람만이 바른 사람이라고 믿었는데!
내 생각은 이제 바뀌었어.'

자베르 형사는 홀로 경찰서로 가서 장 발장이 자신을
구해 준 일을 보고했어요.

그런 뒤 그는 스스로 강물에 몸을 던졌어요.

얼마 뒤 코제트는 건강을 되찾은 마리우스와 결혼식을
올렸어요. 장 발장은 조용히 신부님의 집에서 지냈어요.
어느 날, 마리우스는 코제트의 아버지가 사실은
탈옥수 장 발장이라는 것을 알게 되었어요.
코제트와 함께 장 발장을 찾아간 마리우스가
눈물을 흘리며 말했어요.
"절 구한 분이 아버님이셨군요! 그리고 시장이 되어
사람들을 돕고, 자신을 쫓는 자베르 형사마저 구한
것도요. 장 발장! 당신은 정말 훌륭한 분입니다!"
병들어 누워 있던 장 발장은 조용히 말했어요.
"난 이제 갈 때가 된 것 같구나. 저 은촛대를 너희에게
주마. 초라해 보여도 무척 값진 것이지. 사랑보다
귀한 것은 없어. 저 은촛대가 그 증표란다."
장 발장은 마리우스와 코제트의 손을 잡고
조용히 숨을 거두었어요.

 초등 교과서 수록 명작 동화

학년	수록 교과서	단원	이야기 제목
1~2학년군	국어 ②-가	1	11. 백설 공주
3~4학년군①	국어 활동 3-1 ㉮	5	6. 플랜더스의 개
3~4학년군③	국어 활동 4-1 ㉯	10	18. 어린 왕자
3~4학년군③	국어 활동 4-1 ㉯	10	21. 이상한 나라의 앨리스
5학년 1학기	국어(듣기, 말하기, 쓰기)	3	25. 장 발장
6학년 1학기	국어(듣기, 말하기, 쓰기)	4	18. 어린 왕자
6학년 1학기	국어(듣기, 말하기, 쓰기)	7	6. 플랜더스의 개
6학년 2학기	국어(듣기, 말하기, 쓰기)	7	20. 피터 팬

김용택

섬진강 시인으로 널리 알려졌으며, 2008년 정년 퇴임할 때까지 모교이기도 한 임실 덕치초등학교에서 아이들을 가르치며 시를 썼습니다. 1988년 김수영 문학상과 1997년 소월시 문학상, 윤동주 문학대상을 받았습니다. 시집《섬진강》외 다수, 산문집《섬진강 이야기 8권》, 동시집《콩, 너는 죽었다》등 많은 작품을 썼습니다.

김중석

대학원에서 미술교육을 공부했고, 2005년《아빠가 보고 싶어》를 쓰고 그려 제5회 보림창작그림책 공모전에서 우수상을 받았습니다.《찐찐군과 두빵두》,《나도 이제 1학년》등의 작품을 그렸습니다.

유설화

옛날이야기를 좋아하고 동물들을 사랑하며, 버려지고 아파하는 동물들이 없기를 바랍니다.《슈퍼거북》을 쓰고 그렸고《겁쟁이 괴물아, 안녕!》,《콩형제 이야기》등의 작품을 그렸습니다.

이민혜

홍익대학교에서 시각디자인을 공부한 뒤 일러스트레이터로 활동하고 있습니다.《난 밥 먹기 싫어》를 쓰고 그렸고《아주 가벼운 깃털 하나》,《내 맘대로 할래》등의 작품을 그렸습니다.

정소영

대학원에서 서양화를 공부한 뒤 일러스트레이터로 활동하고 있습니다.《아들에게》,《딩동딩동 편지 왔어요》,《나는 우리 마을 주치의》를 쓰고 그렸고《하늘을 날다》등의 작품을 그렸습니다.

최정인

홍익대학교에서 판화를 공부했습니다. 그림을 그릴 때 가장 행복하다고 합니다.《그림 도둑 준모》,《견우직녀》,《말풍선 거울》,《도둑님 발자국》등의 작품을 그렸습니다.

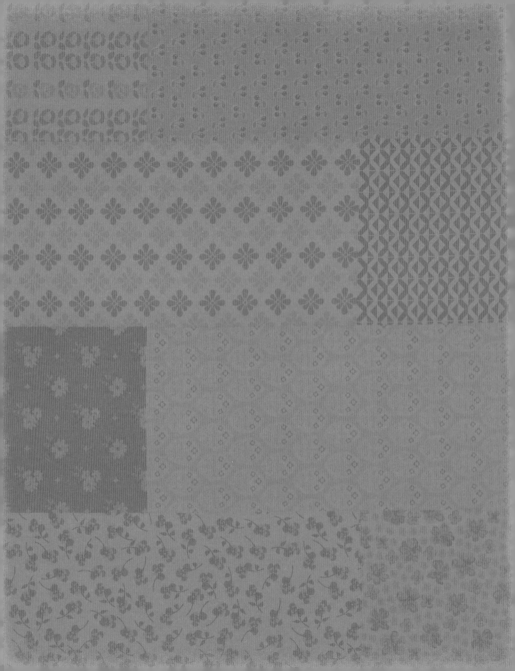